GUSTAVO GAC-ARTIGAS

# Y LA TIERRA ERA REDONDA

Ediciones Nuevo Espacio
Biblioteca Gustavo Gac-Artigas

Ediciones Nuevo Espacio

Biblioteca Gustavo Gac-Artigas

© 1993 - 2016

Editora: Dra. Priscilla Gac-Artigas, miembro colaborador de la

Academia Norteamericana de la Lengua Española (ANLE)

Primera edición, Mosquito Editores, paperback, 1993

Segunda edición, Ediciones Nuevo Espacio, Biblioteca Gustavo

Gac-Artigas, paperback 2016

Primera edición digital Ediciones Nuevo Espacio, Biblioteca Gus-

tavo Gac-Artigas, 2016

Paperback

ISBN: 978-1-930879-68-3

Edición digital:

ISBN: 978-1-930879-67-6

www.editorial-ene.com

Publicado en los Estados Unidos de América

Un trabajo de investigación de dos años que conllevó la lectura de miles y miles de páginas de historia pasando por Antonio Pigafetta, Cabeza de Vaca, los diarios de Colón, los escritos de Fray Bartolomé de las Casas y Pánfilo Narváez y el estudio del encuentro y desencuentro de Cortés con Moctezuma.

Atravesando países reales o inventados, leyendas y mitos, estudiando viejos mapas de navegación para encontrar el paso prohibido, dando vida en su mente a una obra de teatro —Cinco suspiros de eternidad— la historia encerrada tras las puertas de las celdas de una prisión en Chile, sumergiéndose en el transcurso del tiempo, cinco siglos que crearon la leyenda y destruyeron la historia, el autor logró descubrir la verdadera historia, la real, creando la inexistente, y con sorpresa junto a Chavalillo y Sempronio exclamar al final del viaje:

¡Y la tierra era redonda!

Y para que usted lo sepa, redonda, redonda, pero poca.

De esta obra dijo Edith Grossman: Me impresionó mucho el juego temporal, la interpenetración de lo histórico, lo mitológico y lo surreal. Me parece un libro difícil y valioso, más parecido a un poema épico que a una novela.

A los personajes de andén,
huérfanos de mundo que vagan
por la tierra tras sus sueños.

Un día lunes triste hasta el infinito como todos los lunes, pero más triste aún al ser un frío lunes de invierno, llorando la doble desgracia de ser lunes y de serlo en invierno, ese lunes, como todos los días, fiel a mi horario, fiel a mi puesto de trabajo, el cuerpo maltratado por el hambre, mal dormido de sueños lejanos e inalcanzables, viajando en el humo, viajando en las nubes, viajando en la jeringa, yo, el viajero eterno condenado a ser eterno, fijo y desamparado personaje de andén, compañero de sombras, huérfano de mundo, huérfano de recuerdos y sin embargo heredero de sueños poblados de eternidad me encontraba ojo despierto y calculador vigilando el paso de los viajeros en busca del desprevenido propietario del inalcanzable saco de mano lleno de oro, de sueños secos, de pájaros, cabezas y dioses prisioneros de un arrugado papel, de cientos, de miles de pepitas domesticadas y transformadas en míseros ceros, me encontraba fiel a mi destino en el hall de la estación central, ojo despierto y calculador mientras con sabios ejercicios calentaba los dedos para controlar mis contracciones, similares al incontrolable movimiento de las montañas, allá, en las lejanas tierras de las que me arrancaran, mientras a mis narices subía el ácido olor de la droga sabiamente disimulada en secretos bolsillos, aquí, en el enorme y frío hall de la estación central de Róterdam.

Cargando mis sueños sobre mi cuerpo, mis bienes sobre

mi cuerpo, la tristeza a cuestas, el desamparo a cuestas, yo, el desamparado entre los desarrapados, amigo de la soledad, hijo de la tierra y del mar, heredero de un desgraciado golpe de espada, yo, que perdí el habla por no tener con quien hablar, que no perdí la sonrisa por lo que aprendí a reírme de mí mismo, yo, el prisionero del reloj que corona el hall de la enorme estación permanecía vigilante, sin descanso vigilante, después de lo que me había sucedido.

A las cinco de la mañana, al acercarse el primer tren, la tierra se remeció al igual que lo hiciera en lejanas épocas, a las cinco en punto de la tarde, en el preciso momento en que el frágil equilibrio entre el viento que abrigó la semilla, la lluvia que bañó sus mejillas, la neblina que desgarró su alma y la ternura reflejada en el rostro del hombre se rompiera permitiendo así al más sagrado entre los sagrados desgarrarle las entrañas a él, él, a quien con más amor entregó su sombra, él, a quien con más amor perfumó su fruto, y en eterno recuerdo a partir de ese día la tierra se estremece espantada al recibir sus hijos mientras al sur del Sur los salvajes bosques abren sus caminos para esconderlos sabiendo que al igual que al comienzo del gran juego a sus seguidores les basta mirar las lágrimas dejadas en su fuga por la cuarta estrella de la Cruz del Sur para encontrar los caminos secretos al igual que los encontrara Chavalillo Primero cuando desenvainó su espada para sin quererlo destruir sus sueños, gritando por primera vez al cielo, antes de dejarla caer: —¡Dios te maldiga valiente capitán! —, movimiento que emergía bruscamente del recuerdo a pasear por el miedo de los hombres o surgía suavemente de los sueños acariciando la sonrisa, movimiento incontrolable similar al que se declaraba en mis largos y afilados dedos al acercarse el eterno chaca saca, chaca saca alternado con los chirridos de la vieja locomotora a vapor cuyas negras nubes oscurecían los plateados postes y los polvorientos vidrios que intentaban vanamente mantener en su interior los sueños que se escapaban llevando para siempre con ellos el inconfundible olorcillo a carbón piedra que delata al fugitivo, golpeando cual un rayo mi mente sin recuerdos en la eterna incertidumbre del buscador de tesoros al no saber si una vez más se trata de un espejismo, de promesas de palacios con techo de oro, de una nube escapada de los vapores de alcohol que pueblan la estación y que envolviéndome confundían aún más mis frágiles pensamientos, o si una vez más el vigilante y traicionero uniformado extendería su garra para alejar el sueño que por no tener, o por tener demasiadas raíces pareciera venir de tan lejos.

Vieja y eternamente joven locomotora a vapor de tren fantasma que en el sur del Sur saca el carbón del fondo de la selva inmóvil alojada en las entrañas tibias y suaves del mar, en el sur del Norte verde el fruto amarillo y codiciado no por su sabor ya que jamás satisfará a sus verdugos, sino por su color, y que por un angosto camino tapizado de herraduras de plata trepa penosamente por la negra-verde-roja cordillera para ir a desaparecer en las nubes llevando con él los sueños incompletos de los conquistados, llevándose con él la parte ignorada de los sueños incompletos del conquistador, llevándose con él los esqueletos de 27 caballos que galopan incansablemente buscando inútilmente una salida en el fondo del ojo de una impasible llama que rumia chaca, que rumia saca, que gime y chirria la vieja locomotora desapareciendo del sueño de los hombres arrastrando su eterno

11

chaca saca chaca saca.

Tren de sueños, tren de infancia, el mismo que en el fantasmagórico fuerte de la Victoria creado en el momento de la derrota sobre el recuerdo de otro fuerte creado a su vez en recuerdo de un mísero pajar en el que nació un bastardo repudiado por su progenitor, el ocupante, amado por su madre, la ocupada, la primera que llevó a la perfección el acto al dejar picotear su sexo celestial por las avecillas lo que le añadió la justa pimienta a la leyenda, fantasmagórico fuerte donde los sitiados, sin saberlo, esperan esperanza vana su llegada para que rompa el cerco de la maldición y poder escapar hacia el olvido.

Quinientos treinta y tres años antes a la misma hora en que ese lunes el gran reloj de la estación marcaba mis primeros y vacilantes pasos, en un viejo puerto, tras una noche de tormenta nació un muchacho con los ojos abiertos, con los ojos color mar, de sexo erguido cual mástil de casa galante, orinando en oleadas mientras sus rizados cabellos flotaban en el aire cual vela al viento.

El mismo lunes, el mismo segundo de ese mismo lunes, en un estornudo del tiempo en el mundo entero nacieron miles de muchachos que se confundieron en los sueños, muchachos a los cuales ni sus madres fueron capaces de distinguir, guaguas que tenían el don de cambiarse en los suspiros, de cambiar sus caras, sus cuerpos, sus manos vacías, sus vestidos, de cambiar los colores del pincel a través de las aguas, de cambiar los aromas de la tierra, de cambiar la tierra a los aromas y que al cambiar sus sueños se reían al ver que éste era el mismo, el mismo que soñaran sus antepasados, el mismo que soñarían sus descendientes, solamente que soñados a destiempo dependiendo del calendario que corone el hall de la enorme y siempre fría estación en que me encuentre.

Extrañados y hambrientos los perros que a la voz de parto se habían reunido frente a las gastadas piedras que conducían a la casa no se explicaban el porqué no lograban devorar la membrana como era la costumbre.

Sanguinolenta e inútil vela que descendió los senderos de la montaña arrastrada por las aguas, palideció al pasar frente a la iglesia, cantó junto a los niños de la escuela e impregnó por primera vez las callejuelas de piedra de un desconocido conocido aroma antes de, preciada vela, refugiarse en el tiempo llevada por las olas.

Al mismo tiempo, en la tierra recién herida, un campesino al amar a su novia perforó el suelo dejando un agujero que no aceptará semilla, que rechazará semilla hasta que llegue de lejanas tierras la semilla sembrada en el mismo segundo por un joven cacique al perforar el vientre de su amada borrando así de su rostro de piedra los seis surcos dejados por las lágrimas y que abriendo nuevamente sus ojos a la vida dará fruto.

Comenzando a la par, pero mucho más rápido, en el predio de al lado, en la tierra recién herida, apresurado, otro campesino dispersó su semilla al viento y del chorro de gotas dispersas en el aire una fecundó el vientre de su amada mientras las otras dieron nacimiento a esbeltas y doradas espigas, campos de vida que aparecían confundiendo la memoria del viajero, frutos que su hijo buscó y buscó inútilmente en tierras cercanas y que más tarde buscaría inútilmente en tierras lejanas, inútilmente hasta que abrazando una vieja espada forjada por la unión del viento, el agua y el fuego, murió exclamando: —¡Dios te maldiga valiente capitán!

A las seis de la mañana de aquel 2 de enero del año de gracia de 1492, Felipillo, sí, el mismísimo que tras la oración dispersó su semilla al viento en el momento del amor, recibió una brillante espada de manos de un hidalgo que cabalgaba hacia Granada, que cabalgaba hacia la historia sabiendo, al igual que todos aquellos que corren tras ella, que una vez más llegaría tarde, que se desvanecería ante sus ojos ya que solamente entran en ella aquellos que quieren evitarla para encontrar sus sueños.

Doce horas más tarde en ese primer lunes del mes de enero, Chavalillo el Primero vio el primero en la multitud al conde de la Chiva, temible bandolero temido por moros y cristianos cuyo descendiente se cruzó con Chavalillo en el inmenso hall de la gran estación quien vio en esa campanada su destino reflejado en el fondo de los plomizos ojos. Chavalillo Primero, atravesado su cuerpo de la cabeza a los pies por las mil cuchillas del temor y del placer de aquellos que logran conocer el miedo quedando con la dulce y dolorosa sensación de ser solamente músculo tembloroso, al intentar huir tropezó con un hombre de mirar color de sueños, sus cabellos flotando cual vela al viento mientras los rojizos pelos de su barba formaban fijas olas. Soñador que veía flamear los estandartes sobre las negras nubes que arrojaba la vieja locomotora e imaginaba el suyo, de dorado fondo, en cuyo centro una verde palmera coronada por dos nubes entrelazadas sobre las que se leería "no hay frutos sin espinas" proyectaría sus temores sobre la tierra sacándolo de la oscura vida en que arrastraba sus sueños, despreciado por las bellas damas, enamorado secretamente de la más bella, de la más alta, de aquella con quien solamente el degenerado de su hermano, Enrique IV el Impotente, y su noble esposa doña Disoluta, pero en ella al fin y al cabo justificable, se habían atrevido a tener pensamientos impuros.

En medio de la multitud un joven licenciado escuchaba atentamente la historia que un sirviente ubicado a la derecha del soñador relataba al recuerdo de una alcahueta por él asesinada años ha a propósito de los amores ilícitos de su difunto amo quien sorprendido por el grito de gozo ferido por su amada en el momento del orgasmo cayó quebrándose el cuello, y quien en realidad había confundido éste con aquel ferido por Hernán cuando el muro al que saltó en su precipitada fuga del lecho de la triplemente infiel se derrumbó bajo su peso suicidándose acto seguido la bella no al ver colgante el noble y para siempre inútil cuello de su amado como lo pensó el vulgo, sino al no poder soportar la mirada de su marido quien fulminado por tan grave tragedia decidió tomar los hábitos cambiando su nombre por el de Bartolomé y se dirigió en busca del olvido a nuevas y lejanas tierras, hecho de sangre por el cual el pobre Sempronio, dado que ese era su nombre, era buscado por la justicia. Incidente que lo obligaba ese día a abandonar su querida tierra y dirigirse al puerto de Palos en busca de un navío que lo arrancara de las garras del alguacil real seguro de que con el tiempo su aventura sería olvidada ya que las historias en que sobrevive el vulgo no interesan a nadie.

Al borde de los caminos polvorientos quedaban unos montoncitos de piedra indicando el paso de los viajeros desde las grandes extensiones hasta la fina arena cercada de eternas piedras mientras allá lejos, muy lejos, un joven guerrero tras colocar la última piedra de la gran pirámide se tendía sobre el altar los brazos abiertos para que el gran sacerdote abriera su pecho y en premio ofrendara su corazón a los dioses mientras su novia enterraba su amor bajo una pequeña pirámide al borde del camino polvoriento.

Y yo, el guardián de la leyenda, queriendo detener el tiempo quemé en mis pensamientos los restos calcinados de las naves de los primeros viajeros que cruzaron las grandes aguas, aquellos que dieron nacimiento a la leyenda, aquellos que regresarán de más allá del fin del mundo, de más allá de la memoria, de más allá del más allá viajando en la oscuridad, viajando en el momento en que la vida se detiene para aparecer junto al primero del último movimiento de los dioses del firmamento, aquel que cambiará la vida.

Recuerdos o sentimientos guardados por una calavera soñadora que inconsolable, una lágrima petrificada cruzando su ojo izquierdo, miraba por sobre las olas hacia las glaciales planicies de su infancia sonriendo tristemente y por la eternidad sin darse cuenta que tras ella una calavera de cráneo rizado y gruesos labios reía por la eternidad al verme cortar las aguas de un golpe de espada y por la llaga así abierta ver partir mis naves transformadas en humo.

En el sur, pero no el sur del Sur, sino al comienzo del sur del Sur, una guagua hasta ahí eternamente guagua sonreía de todos sus dientes condenada a vivir en el hambre eterna por pertenecer a la raza de aquellos que comen durmiendo y por lo tanto al despertarse olvidan que ya comieron y enloquecen escuchando a su estómago anudado habitado por el hambre preguntarse una y otra vez de dónde salen las fuerzas que le permiten vencer en los juegos de la lucha y del amor al igual que lo hacía desde su nacimiento. Pero esta vez, ante los ojos asombrados de su pueblo Mayta Wawa Cápac, el Eterno, envuelto su cuerpo en una blanca nube, el viento paseándose en su boca, comenzó a transformarse en polvo en el centro del ojo del gigante cóndor que sólo el cóndor veía.

El segundo día del comienzo de ese año otro cóndor gigante, pero, por supuesto, gigante para aquellos que no los conocen y en el cual hasta el menos experimentado de los condorólogos reconocería solamente un bello ejemplar en incipiente desarrollo, competía con un joven indio en los caminos secretos del sur del Sur iluminados por la luna llena para luego, las plumas y la piel cubiertas de sudor, sentarse bajo el más sagrado entre los sagrados a contar extrañas historias de hombres venidos de muy lejos, extrañas historias que se mezclaban con otras historias que hablaban de extrañas tierras de grandes hombres que conversaban con pájaros gigantes, historias repetidas en voz baja en las tabernas de los viejos puertos mientras esa noche de luna llena, pero de luna llena para los elegidos, embarcaban Sempronio y Felipillo, gentiles bandidos y bandidos gentilhombres el conjunto comandado por el solitario y enamorado soñador.

El penúltimo en embarcar, en realidad el antepenúltimo en llegar, fue un hidalgo jovenzuelo quien, sin espada, llegó galopando desilusionado de haber fallado su cita con el destino en Granada. El antepenúltimo en subir, en realidad el penúltimo en llegar fue Bernal, un grumete quien temiendo no quedara un puesto para él le gritó al antepenúltimo: —¡Eh!, por el amor de Dios, dejadme subir, que lo cortés no quita lo valiente.

Y Hernán le cedió el puesto y lo volvió a ceder quedando finalmente solitario sobre el muelle del viejo puerto en espera de un próximo viaje ya que los que yerran la cita con la historia disponen de todo su tiempo.

La Marigalante, virginizado su nombre, se bamboleaba peligrosamente sobrecargada de sueños, sobrecargada de visiones,

sobrecargada de temores. En el momento de sonar la décimo segunda campanada en el enorme reloj de la estación central elevó
su pasarela tras el último de mis pasos, tras el primero de mis
pasos sin huellas, tras el paso que busca el paso, tras el primer
paso por mí dado.

Todo había comenzado un martes, un desamparado martes, tan desamparado en su desamparo que merecía ser lunes, segundo día de los cinco vacíos, aquellos en que las estrellas dejan de girar, aquellos en que el pensamiento se inmoviliza, en que la respiración se detiene en espera de un signo. Aquellos días en que el miedo reaviva hasta los temores de la infancia, en los cuales la luz se esconde para llorar su impotencia, en los que el fuego temeroso se reduce hasta quedar suspendido de un deseo, de aquellos días en que inconsciente recorría alegre, ajeno a la historia y feliz, los caminos secretos de los bosques del sur del Sur en busca de un desprevenido cóndor que me condujera al inalcanzable saco de mano y en mi risueño recorrido empujado por un deseo irresistible colgara un copihue alrededor de mi desnudo y descarnado cuello riendo, riendo hasta que en el más vacío de los vacíos, aquel que prolongaría la Era fuera detenido por los uniformados entristecida mi sonrisa, entristecidos mis brillantes ojos, entristecida mi memoria, mi ya maltratado cuerpo golpeado salvajemente al escapárseme un grito traído por el viento: —¡Dios te maldiga, valiente capitán—! Yo, que en el puerto de Los Boldos ese día sellé mi suerte y me encontré con mi destino.

44 años antes había nacido en una casita de madera perdida en los bosques, suspendida en la niebla al borde de la nada, al borde de la inmensidad, borrada de la memoria de los hombres,

invisible a los ojos del común de los navegantes, solo reconocible por lo que una señal de humo salía de ahí los lunes, primer día de los cinco del silencio, y desafiando al cielo, desafiando la costumbre e interrumpiendo el infinito verde anunciaba a los botes que al pasar la presencia de un claro, de un terreno desnudo sobre el cual el esqueleto de una cabalgadura sin dientes masticaba un amarillo pasto mientras azules moscas devoraban los despojos de su cuerpo sonriendo tristemente a su rostro reflejado en las aguas, al pasar la presencia de cuatro troncos despojados de sus ramas, despojados de sus hojas, pudriéndose en la soledad, pudriéndose en la humedad, entregando un penetrante olor a moho antes de transformarse en fuego, entregando humedad a la humedad que ganaba los muros, el techo, las ventanas forradas con papel de diario anunciando noticias nunca leídas, noticias flotando al viento, desafiando la tormenta, desafiando el entendimiento, palabras escritas apresuradamente para anunciar cinco siglos más tarde lo inútil del pensamiento apresurado mientras la humedad ganaba los huesos y el alma de mi madre fecundada una noche de tormenta por el recuerdo de un capitán de un barco que se acercó llamado por el humo, llamado por el deseo de sacarse la humedad que comenzaba a invadir sus solitarios huesos, llamado por ese irresistible deseo de todo cronista de escribir con polillas palabras al viento. Pobre, triste y solitario capitán que esperaba inútilmente el doblón de oro que vendría a coronar su esfuerzo, que esperaba, sus testículos petrificados y adoloridos, satisfacer su deseo mientras dando un alarido su recuerdo penetraba llorando el sexo de mi madre para engendrarme a mí el engendrador.

Gruta del amor, vientre desgarrado y eterno, sutil recuerdo

llevado por las olas, hija del naufragio, memoria de la fragancia de una flor salvaje fecundada por el cóndor, fecundada por los despojos del eternamente joven capitán que parado en la proa observaba el paso de la eternidad mientras las olas se fijaban humedeciendo su rostro, usado semental que en su mano derecha apretaba firmemente un viejo y mohoso miembro para no perderlo en la tormenta y tener así que continuar su viaje la mano vacía e inútil a imagen y semejanza de otro capitán que en la proa de otro barco fantasma recorre por la eternidad otras soledades en busca de una vieja espada que le abra las puertas cerradas de la historia.

En el momento del nacimiento mi madre cubrió mis ojos con sangre de cóndor para que distinguieran desde el firmamento a mi enemigo y a su víctima así como al gigante cóndor, mi pecho con excremento de oveja para que la bondad habitara mi corazón, en las siete cavernas sopló el humo caliente de champiñones cocinados en los siete jarabes para expulsar la humedad e impedir que la tos seca los habitara, abrió la ventana para que los nueve vientos penetraran en mis oídos permitiéndoles escuchar el eterno chaca saca del tren fantasma, untó mi nariz de tabaco molido siete veces por mano virgen en el vientre de la noche para que cuando creciera distinguiera el ácido del ácido, mis piernas las bañó con saliva de huemul para que prestas me arrancaran de manos de los uniformados, frotó mi estómago con las tripas de una rata recién parida para impedir que cuando grande mis tripas se anudaran con el hambre, perforó mis orejas con los colmillos de dos serpientes para aliviar el dolor de huesos, mi esquelético cuerpo lo bañó con el perfumado orín de la madre de la culebra para que en mi aparente fragilidad resistiera a la tormenta, bañó mi cabeza con el caldo del escarabajo de la luna hervido en agua de la inmensidad para que soñara más allá de mi sueño alcanzando el sueño del capitán del barco fantasma y el repetido por el viento en el cruce de los caminos secretos de la tierra que nos viera nacer, fregó mi sexo con semen de toro para que alcanzara la felicidad en esta vida, y con dos ramitas del más sagrado entre los sagrados, forjó un amuleto el que sin gran convencimiento colgó en mi cuello para combatir la mala suerte.

En el instante en que ante la mirada amorosa de la Lengua lancé al mundo mi primera frase, seca como la maldición, ésta comprendió que la leyenda se cumpliría trayendo inevitablemente su secuela de muerte y de dolor, instante que aprovecharon, mi madre para descender de la leyenda y Moctezuma para descender de la gran pirámide, de aquella que nacía sobre la más fértil y secretamente alhajada de las tierras fundiéndose con ella para de ahí ir a conversar de secretos ritos con las nubes, su pie calzado de una suave sandalia fabricada con la dorada piel del más joven entre los jóvenes guerreros prisioneros, sandalia enlazada amorosamente a su pie por la tripa que une el cuerpo de la madre al niño para llevarle los frutos de la tierra.

Los tambores sagrados fabricados con la caricia que recubre los gruesos y generosos senos de las más rollizas entre las rollizas doncellas desdoncelladas tras la batalla y cuyos tam, madre-tam, cielo-tam, sueño-tam, hijo-tam, tierra-tam, padre-tam, arrancaban lágrimas y silencios hasta al más endurecido de los hombres indicaban al gran Moctezuma el avance de los extraños seres bajados de tres nubes que aparecieron en el horizonte caminando sobre las grandes aguas trayendo nuestro pasado para parir en sangre nuestro futuro.

Temerosos sus mensajeros le traían las noticias, le contaban en un susurro cómo las piedras lanzadas por las potentes hondas fabricadas con el elástico deseo que recubre el sexo se revelaban por primera vez impotentes al chocar contra sus plateadas cabezas, cómo los yelmos sonaban huecos de sentimientos sin partirse produciendo el amable ruido de la fruta ya madura al contacto de la piedra, cómo allá, bajo los sauces llorones que unen sus lágrimas a las del río, los sauces llorones que formando un círculo con sus brazos coronan la cabeza del viajero invitándolo a regresar, le hablaban de otros dioses, del gran amor que sentían por el sol reflejado en la piedra, de la sonrisa triste del bastardo a quien llevaban colgado de un madero, terrible criminal que paseaban en castigo eterno.

Qué horrible acto habrá cometido para merecer tal castigo, para que hayan reemplazado por espinas las plumas que adornan las cabezas, para que lo exhiban ¡oh máxima vergüenza! tapado su sexo, para que lo injurien en voz baja, para que sus ojos muestren tanta tristeza, para que conserven al interior de su pecho el corazón intacto. —¡Oh dioses!, ¿qué crimen merecerá tan cruel castigo? —clamaba aterrorizado Moctezuma al escuchar mi relato sin sospechar que yo, el adivino, que yo, el lanzador de piedras, que yo, el de los sueños abollados, conocía la respuesta.

Marcharon hasta que un día la estrella que marcaba con su movimiento la dirección del camino al sur antes de detenerse por la eternidad desapareció al desvanecerse en el quinto día de los cinco del quinto y primer siglo dejándolos huérfanos de rumbo. Al mismo tiempo, el perforador perforó la frágil doncella pero esta vez el amor no dio fruto, la papa se secó en el vientre, se escondió en el hoyo de la tierra, perdió sus jugos y sobre su piel endurecida quedaron grabados para siempre seis surcos marcando el camino del temor, tres en la mejilla izquierda y tres en la mejilla derecha de los negros pensamientos que la invadían.

—Llegaron —suspiró Moctezuma.

Su pueblo reunido lo observaba desconcertado esperando una indicación, una palabra, un oráculo, un suspiro, una sonrisa o una lágrima, algo que en la negra noche del desconcierto los orientara y les permitiera creer en lo propio y no terminar como los pueblos por ellos sometidos aceptando historias por otros inventadas.

Moctezuma los miró con tristeza, miró luego por sobre su hombro las cuatro gradas que en lo alto de la gran pirámide conducían a los dioses, al círculo sagrado, a la entrada del primero de los innumerables paraísos. Invadido de un blanco presentimiento, sus ojos clavados en el vacío, en la inmensidad de lo oscuro, de lo desconocido y sin embargo tan conocido, temido y esperado en la terrible espera que es aquella de esperar deseando que no llegue lo que ineluctablemente tiene que llegar, suspiró y continuó su descenso hacia la vida, su ascenso hacia la muerte.

Hernán por su parte buscaba tras cada árbol, tras cada fruto, tras cada hechizo, tras cada suspiro del veloz y extraño animal una señal que le indicara el camino, buscaba el eterno buscador el paso del sueño a la vida al mismo tiempo que buscaba un palito que le permitiera dignamente ocupar su solitaria mano. Y sin que nunca lo supiera, fueron el canto de las flores al recibir la abeja, el suspiro de las serpientes haciendo el amor, el rasgueo de los sexos de los jóvenes guerreros perforando tiernamente a sus amadas para sembrar enseguida en la tierra la redonda semilla los que le indicaron el camino, pero el camino de la vida al sueño, ese año del amor en que hasta el amor de los indios orquídeos era sagrado.

Agotado por la marcha, sediento de sueños y de agua, afiebrado bajó de su cabalgadura para mojar sus resecos labios. Se inclinó suavemente, presintiendo la llegada del manjar, su boca se le hizo agua cuando reflejada en ella, suspendida en una nubecilla, suspendida en un espejo de plata, piedra suspendida sobre sueños apareció la ciudad de la que hablaban las águilas, y en sus muros, Hernán, por primera vez vio reflejada su figura como la imaginó su madre, aquella de un esbelto caballero coronado por el triunfo y no la de un enano jorobado y ambicioso como lo veían los demás, noble como se veía en la historia y no arrogante e ignorante como lo veía el porquería del porquerizo y nunca supo si era el sabor del agua o el de las lágrimas que brotaban libremente de sus ojos lo que les devolvía a sus labios el sabor a su lejana tierra, a viajes y tormentas.

La niebla se abrió en su mente descubriendo un puente al final del cual se encontraba una plaza tapizada de flores, las de los pétalos más relucientes, indicando el camino que conducía de sus pies a los pies de un imponente guerrero vestido de sueños; cortés se preguntaba si hacer el último tramo a pie o darse altura en honor de aquellos a quienes representaba, en honor del puesto que le fuera destinado por la historia. Y el antiguo universitario de Salamanca, olvidando las reglas dictadas por el gran Carreño en su famoso manual, se decidió a continuar la marcha sobre su cabalgadura seguro de que esta vez no erraría su cita con la historia.

A noventa y nueve hojas y un pensamiento de distancia de aquel que indudablemente era el jefe se detuvo. Moctezuma lo miró, ambos se miraron fijamente a los ojos durante interminables horas, los navegantes retuvieron su respiración, los navegados la de ellos ya que hasta ese momento de la historia cada uno era propietario de su historia y de su aire. A través de los ojos llegaron hasta las raíces del otro y ahí fue que ambos comprendieron.

Moctezuma avanzó de un paso, con su frente tocó el pensamiento, las cuatro más hermosas de las flores que recubrían la generosa tierra las tomó delicadamente entre sus manos para llevarlas al corazón y enseguida, en señal de sumisión, depositar una a una en cada uno de los cuatro pies de la divina criatura.

Cortés, amostazado, se bajó de su cabalgadura y perdiendo su habitual gentileza preguntó violentamente y con voz ronca a su valet qué día era.

—Es martes, —respondió Sempronio—, y yo sonreí.

Es martes, se dijo sonriendo el viejo general refregando su escuálido trasero en un hormiguero para enseguida levantarse sin tomar, para acordar su cuerpo a su alma, su quinquenal baño matutino mientras ejercitaba su mandíbula adolorida de apretar los dientes durante la larga noche de espera, adolorida de sonreír falsamente durante años para ocultar el rictus amargo de su boca, aquel con el cual una pequeña y oscura prostituta lo arrojara al mundo y que pese a todo el amor que le dio, pese a que ofreció a San Justinito, patrón de los prostíbulos, nunca más acordar sus favores gratuitamente si éste le acordaba el favor, jamás logró borrarlo ya que aquellos que vienen al mundo marcados no pueden evitar su destino.

Mal dormido, bebía su café sintético sin mirar los planes cerrando sus oídos a los últimos informes de los cientos que durante toda la noche los mensajeros habían traído en respuesta a sus instrucciones tejiendo a lo largo del país, del comienzo del sur del Sur a los confines del sur del Sur sin descuidar un sendero, una huella, un claro en medio de la soledad, la red que ese día atraparía los sueños, la red que retendría el suspiro, la red que me aprisionaría, a mí que sonriendo quitaba la choza de madera y lata para correr libremente por los salvajes bosques, sonriendo al igual que sonreía el oscuro general al cercar de un trazo firme y certero el número once sobre un viejo y arrugado calendario.

Doña Gertrudis, la única persona que lo conocía a fondo ya que dicen las escrituras que para llegar a entender a ese tipo de individuos la misma sangre tiene que correr por las venas tembló al adivinar sus pensamientos, tembló al ver su sonrisa, tembló al saber que una vez más su pasado saldría de la gruta donde lo había enterrado y se transmitiría de boca en boca en las bocas desdentadas de las mujeres, de los hombres, de los niños de ese pueblo sabiendo además que al verlo tan pero tan hijo, lo llamarían el hijo de cinco madres, cinco infelices putas como ella. Puta sexo, puta lengua, puta madre, al fin y al cabo había ocultado celosamente al general qué tipo de hijo de puta era.

Al interior de los altos muros uniformes los uniformados uniformaban el pensamiento, en el campo un indio sembraba una papa, en el trigal la flor deshojada arreglaba sus pétalos, un anciano caballero se vestía impecablemente ayudado por su esposa que afeitaba automáticamente las hilachas de su hoy raída otrora elegantísima chaqueta antes de abrirle la puerta para que acudiera presuroso en su lento caminar a la cita con su vacío cotidiano y al fondo de los jardines, entre la rosa y la higuera un perro se subía a hacer equilibrio sobre un viejo muro mientras el pensamiento, el alma en pena, dirigía su mirada al calendario.

El fuego retuvo la respiración, no se movió para no romper la leyenda en el segundo día de los días vacíos, aquellos de la inmovilidad absoluta y al igual que otro fuego en el pasado y otro fuego en el futuro tornó sus ojos hacia la gran pirámide para obtener la respuesta, un oráculo, una señal del más amado, el que una vez más al igual que en el pasado, al igual que en el futuro daría la espalda al círculo sagrado para bajar a la vida a encontrar la muerte.

Si me quedo inmóvil resbalo y muero, me repetía observando fascinado las turbulentas figuras que creaba y devoraba el río, si retrocedo me pierdo en la bruma, si avanzo me devoro, me repetía en frágil equilibrio sobre la húmeda roca que bordeaba la quebrada al igual que me lo repitiera para conjurar mi suerte cada vez que me encontraba en equilibrio y poder así continuar confiado mi eterna búsqueda el cuerpo traspasado por el frío, mi cuerpo azotado por las lágrimas de la humedad, maltrecho por el hambre, acalambrado de sueños, mi cuerpo sonriendo dulcemente mientras mi tío se cuadraba en el patio de un cuartel exclamando como un reflejo maldito de ese pueblo: —¡a la orden!—, y triste dirigirse a buscar a su compadre para comunicarle la orden recibida, y sin saber de dónde le salía a él, el más disciplinado entre los disciplinados, añadió bajito: —Dios te maldiga, valiente capitán.

—A la orden, a la orden, —mascullaba arrastrando sus enormes bototos de cuero negro, enormes como los zapatos con que soñaba de niño arrastrando sus deformes piececitos helados por el frío, mojados por la llovizna eterna que cae como una maldición desde Cajón a Curarrehue, repitiendo burlonamente —a la orden— sobre las piedras, arrastrando con él sus sueños friolentos de niño hambriento dormitando pegado al calor de un viejo tambor lleno de aserrín mojado que irradiaba nubes de humo más que calor, que arrancaba nubes de su pantalón y de una remendada chaqueta, grande, siempre demasiado grande para su cuerpo de niño, demasiado grande para su cuerpo de adolescente, demasiado grande para su cuerpo de adulto con figura de niño, nubes que escondían en secreto las nubes del tren fantasma que sacaba

31

el ripio bordeando el río que desencadenado inundaba el caserío apagando los braseros del amor en la soledad de los bosques salvajes.

José, el disciplinado caporal nacido para obedecer arrastraba la orden sobre sus espaldas pensando dónde diablos encontraría una herramienta que le permitiera edificar, junto a su subordinado y compadre Felipillo, el fuerte de la victoria en aquella inhóspita tierra de la derrota cuando en medio del viejo arsenal encontró una larga y herrumbrosa herramienta recostada en la quinta esquina de la pieza, aquella que se reunía con la primera en el recuerdo desaparecido. Fugaz recuerdo que a cada golpe dado sobre la piedra, que a cada golpe dado sobre la tierra, que a cada golpe dado sobre la conciencia y los viejos durmientes del desaparecido ferrocarril fue perdiendo el color hasta aparecer cual un rayo de plata navegando en la bruma antes de desvanecerse nuevamente de su memoria.

Así, sin que su cabeza lo contuviera, fue saliendo naturalmente el diseño de un fuerte, cerrado en las esquinas, abierto en su centro, copia exacta de otro que otrora abrigara el tiempo de la desesperanza de sus ocupantes.

Al exterior hizo cavar una zanja, protectora zanja que debía proteger el sueño y que poco a poco cercada por la vida comenzó a llenarse de excrementos, a arrojar gases que pudrieron el primero de los cinco muros construidos con los gruesos y deformes durmientes de madera, los mismos que poblaron sus juegos de infancia y que ya en aquella lejana época lo aterraban con sus imágenes de fijas caras repetidas en un ojo, agarrándolo en una mano vacía y en una sonrisa incompleta mirándolo desde sus cuerpos desgarrados, los mismos que resistieron el paso de la piedra, el paso de la sangre, el paso de la noche llevándose sueños y riquezas, dejando los despojos y el eco lejano del eterno chaca saca chaca saca del tren fantasma y que hoy no resistieron el paso del aromo en sangre amaneciendo podridos colgando de los feroces e inútiles alambres que los aprisionaban en el muro y mis recuerdos.

Construyeron el segundo de los cinco muros, el que comenzó a deshacerse frente a sus ojos cuando dieron el último golpe de mazo.

Los otros tres los construyeron con la esperanza de aquellos que saben que sus sueños permanecerán sin ser soñados, llorando ininterrumpidamente su desgracia mezclando sus lágrimas con las de las nubes acelerando sin quererlo la putrefacción de los gruesos y pesados durmientes.

Cuando el tiempo de la miseria terminó de comerse el quinto muro, y predominando sobre los otros olores el olor a canelo surgió del último de los durmientes, José ordenó a Felipillo montar guardia, velar sobre sus sueños vigilando el polvoriento camino sembrado de restos, restos de otras guerras, restos de esta guerra, restos reales de inexistentes e inútiles guerras sembrando el mísero camino de tierra que los unía a la vida, mísero camino por el cual esperaban la muerte.

Y Felipillo cual perro guardián fiel a su puesto recorría el inexistente muro en las interminables horas vacías de recuerdos salvo de aquel de los temores que lo acompañaron desde su infancia, de los temores que aparecieron jugando con el primer miedo, de aquellos que se deslizaron en punta de pies en su memoria y que nunca más lo abandonaron.

Vigilaba Felipillo esperando secretamente ver aparecer en el horizonte tres grandes velas desplegadas al viento, tres velas que anunciaran su salvación.

José, que había comenzado a recuperar el lenguaje tras recibir la orden del valiente capitán al conocer el motivo del brillo de los ojos y de la sonrisa que iluminaba el rostro de su compadre y subordinado recuperó en parte su uniforme formación y exclamó con voz de trueno apoyándose en el pascual pino de su segunda navidad en el fuerte: —¡No sea pelotas, Felipillo, estamos con la mierda hasta las verijas! ¡Dónde se ha visto un tanque a velas!

Y sin embargo se han visto cosas peores, se decía Sempronio mientras contemplaba quemarse el barco observando melancólicamente los restos de los sueños desmembrados que flotaban sobre las olas en medio de las cuales un mensajero nadaba presuroso llevando las nuevas envueltas en reluciente oro, plata y verdes esmeraldas ya que como la experiencia ganada en Salamanca se lo indicara, ninguna nueva, por vieja que sea, es aceptada si no va acompañada de resplandecientes novedades y recubierta de honores, falsa modestia, enigmas y deseos.

Yo en cambio, hombre práctico como me lo enseñara mi madre, conociendo la limitación de mis piernas y de mi cuerpo libraba mi primera batalla tratando de ensillar un caballo mientras una alegre calavera me hacía cosquillas en los pies.

Y un domingo, largos días que existen solamente para permitir el paso de la tristeza a la soledad, cortos días culpables de preceder a los lunes y permitir el paso de la soledad a la tristeza, falsos días en que el amor se pasea en las sonrisas desdentadas, serios días en que los trenes espacian su eterno chaca saca, grises días en que solamente viajan en ellos aquellos que sin sueños sueñan que andan tras sus sueños, en que en los fríos andenes esperan solamente aquellos que no tienen nada ni nadie que esperar, en el hall de la inmensa estación, a tres metros de la piedra herida, junto a los míos al igual que lo hiciera en mi infancia

35

cuando aún podíamos correr, cuando aún podíamos caminar gallardos tras una flor, gritando en el silencio, riendo para nosotros en la música del bosque, sonriendo sonrisa perdida de perdidos dientes, al igual que cuando dibujábamos la cancha sobre mi río de Los Boldos, jugamos un partido de fútbol.

La pelota pasa a Sempronio, Sempronio de magistral toque la deposita a los pies de Caupo, Caupo sortea a Valdivia cuando se produce un... peeeeenal de Galvarino y el árbitro expulsa a Bartolo quien abandona la cancha escoltado por José y su compadre Felipillo cruzando la erguida bandera victoriosa de Cristóbal, el guarda líneas, excitado al observar a la más bella entre las bellas espectadoras chupando el dulce turrón que vende El Conde de la Chiva.

Avanzan veloces sorteando los obstáculos, llevando en la punta de sus fríos, húmedos y mal olientes zapatos una pelota de suspiros que rebota en la mente de los espectadores construyendo así cada uno el juego de acuerdo a sus deseos, marcando momentos de alegría o de dolor en el pensamiento, y más allá del tiempo, del lenguaje y del espacio, bailar tomados de la mano, los ojos perdidos en el todo, inmóviles en el aire.

Se dejan guiar por las anti-reglas de los cóndores, de la cordillera, del lago sagrado, nobles pensamientos transmitidos en los sueños y por todos aceptados. Sin tocar la pelota con la mano, sin golpearla con los pies, tocándola suavemente con sus caderas, restando pesadillas a los sueños, llevando la pelota delicadamente en sus suspiros para hacerla pasar por el ojo fugaz y vacío del tiempo detenido en un círculo.

Pocos eran los elegidos en aquella alegre banda de cuerpos decrépitos, de brazos marcados de sueños agujereados, de labios heridos de sonrisas no devueltas, de costillas soñadoras soñando con manjares no devorados, seres hambrientos de amistad sus cuerpos ocultos por brillantes vestimentas que desafiando la razón enmarcaban esos desperdicios de la humanidad corriendo tras sus sueños. Pocos eran en realidad pero aquel que lo lograba era decapitado en medio de cantos de alegría, su memoria honrada, su cabeza enterrada en el campo, su corazón llevado saltando de cadera en cadera hasta la cueva sagrada, aquella que se asemejaba a la vagina de su pueblo, lugar en el que de su empequeñecido cuerpo por el grandioso gesto arrancaban el miembro para ofrecerlo a la madre tierra y luego regresar Pedro buscando a Juan, Juan a Pablo, Pablo a Pedro, y junto a Bartolomé y Antonio, solos, temerosos, cubriéndose las espaldas, regresar al hall de la estación central.

Las orquídeas sonreían al verlos pasar y con sus hojas acompañaban el ritmo del cortejo. Ellas también querían, jugando, llevar el corazón sin que tocara el suelo. Y al rozar del viento, viniendo del celeste fuego, viniendo de un cuerpo errante, viniendo de las entrañas del volcán salía la primera melodía de ese pueblo, aquella que voló por sobre el viento para ir a unirse a las salidas del suspiro de la tierra antes de ir a perderse en el fondo de ésta allí donde se encuentran la primera con la última de las nubes, allí donde bailan los desaparecidos de la tierra, aquellos que cruzaron la leyenda, aquellos que sin ojos, que sin manos, que sin rostro, boca eterna susurran siempre la misma, la primera, la última, melodía de mi pueblo que a su vez desapareció al yo marcar el único gol en el primer segundo del lunes como nos lo recordara el

**enorme reloj que arbitraba el tiempo.**

Sí, todo comenzó un lunes que parecía martes, un lunes en el cual los suspiros se mezclaron y el reloj de la vieja estación marcó el segundo cero, aquel que diera nacimiento a esta historia dando nacimiento al primero de los temores, aquel que infantó al primero y al último de los dioses, el hombre, que bañado su cuerpo por las lluvias eternas, vestido su cuerpo de salvajes vientos, cubierto su sexo de deseo nació varón creando enseguida a la hembra, su madre, para poseerla, para satisfacer el más secreto de sus deseos, para escapar del miedo entrando en su vagina cósmica y así dar nacimiento en su muerte al sol, la luna, las estrellas, la vida y el miedo en ese frágil equilibrio similar al frágil equilibrio en que yo excavaba mis recuerdos intentando encontrar, reconocer los míos, encontrarme, reconocerme en los míos.

Quería saber si algún día siquiera existieron los suyos y si él seguía siendo de esos, de los suyos o era ya parte de aquellos que por no tener nada suyo andan tras algo de lo que puedan decir que es suyo quedando así nuevamente sin nada suyo.

Y en forma evidente esta implacable lógica que gobierna mi vida me impidió ver que llevan marcado en la piel su destino, ellos, los primeros seres que poblaron estas tierras. Aquellos que fueron destruidos al salir de las oscuras grutas, su corazón helado, su pensamiento descubierto, su mirada transparente que no soportó la luz, su temor que no soportó el miedo, desvaneciendo el sol sus cuerpos en aquel lago de donde los primeros seres que poblaron mi tierra salen a caminar por el mundo sin cuerpo, sin ojos, sin alma, sin pasos cual recuerdo olvidado, cada vez que el frágil equilibrio se rompe.

Los segundos en cambio salieron a dominar el mundo soberbios en su desnudez, salieron dispuestos a caminar de huellas transformándose en piedra apenas entraron en contacto con la luz del sol hasta que uno de ellos permaneció trece veces cincuenta y dos años en la sombra transformándose así en el sol que da vida a la piedra y desterró al dios que da piedra a la vida, y los primeros recuerdos pudieron abandonar el pensamiento saliendo nuevamente a caminar libres por mi tierra.

El último de los primeros antes de desaparecer en el recuerdo agarró entre sus manos, para decapitarla, la serpiente que reía sobre la pirámide, que reía en el árbol de la muerte, que reía en la planta de la vida, que reía en el pensamiento al observar al último de los seres que poblaron esas tierras antes de que llegara la vieja eterna paseando su sonrisa desdentada montada en el flaco esqueleto sonriente del caballo del que me despidiera, hidalgo caballero, en un lejano puerto aquel día en que di el primero y último de mis pasos.

Al caer la cabeza explotó en mil pedazos dejando salir siete bolas de fuego, siete, de las cuales la primera desapareció llevada por las alas de una mariposa que desde aquel día revoloteando indiscreta y feliz abriga e ilumina los amores amores, aquellos que con el pasar del tiempo resistieron a las ceremonias que destruyen los amores al fijar obligaciones y deberes.

La segunda subió más allá de las nubes cabalgando en el

40

viento de la tormenta y se prendió cual una joya al pecho del firmamento.

La tercera y cuarta se quedaron jugueteando sobre las
olas, sobre los maizales y dependiendo de si hacen el amor sobre
el suspiro de las primeras o mecidas en las caderas de los segundos, en el sur del Norte o en el sur del Sur, ese día se esconde
el sol o se esconde la luna de la vista de los mortales y allá o acá
ríen los peces, o son los dientes dorados del maíz los que explotan
en alegre carcajada en las burbujas de la espuma.

La quinta desapareció hasta el día en que la primera y última gota se encuentren en la conciencia de aquel al que protege
el más sagrado entre los sagrados, de aquel que corría libre e inconsciente por los bosques salvajes buscándola transformada en
un suspiro en los dihueñes, transformada en vino que fluye de la
copa sin fondo en los copihues, transformada en canción en boca
del escarabajo de la luna, transformada en oro en el fondo de las
viejas billeteras, transformada en sueños que giran intermina-
blemente en las agujas del reloj que marca mis pasos en el hall de
la enorme estación.

La sexta rebotó sobre un espejo de plata convirtiéndose en
la luz que nunca muere, en la luz que nadie ve e ilumina la noche,
y la séptima, última de ellas, cayó sobre la tierra fundiendo la piedra dando nacimiento primero a un charco, luego a un gran lago
que sumergió una gran plaza tapizada de flores salvajes de donde
surgió un riachuelo el que a su vez dio nacimiento a un gran río
que envolvió con amor a los primeros dioses arrastrándolos hasta
el mar el cual creció alimentado por las lágrimas de despedida
hasta juntarse con el cielo llevándoselos así de la vista de los

humanos en busca de la tierra prometida donde la inmortalidad les permitiría alcanzar al fin el reposo eterno y la memoria hasta el día en que nuevamente la gran plaza tapizada de flores salvajes, una hojita de boldo al centro, aparecerá en toda su belleza frente a la vista de los hombres envolviéndolos de un aroma transparente que, olvidada la memoria, nadie sabrá que anuncia que en el momento en que el gran guía corte cuatro de ellas para depositarlas en el suelo el agua comenzará lentamente a brotar desde las profundidades ardientes de la tierra, —chaca saca agua, chaca saca vino— encontrándose todos en la ardiente sangre que les dio la vida fecundada, sus lanzas destruidas por gigantes de largos y agitados brazos, por gigantes que, cargando un tronco más grande que los suspiros de su pueblo, recorrerían los senderos del sur del Sur.

En un lugar remoto del cual Estrabón decía nunca ejército alguno había entrado, del que Nearco decía que tiene cuatro meses de camino, y Onesicrito describía como tan grande cual la tercera parte de la esfera, esfera que afortunadamente para mí Alfragano soñara más pequeña, lugar en cuyos alejados confines se escuchaba aún más lejano el eco de un ya lejano chaca saca traído por el viento, remoto lugar situado al norte del Sur o para mejor ubicarlo en el sur del Norte pero más al norte del Sur donde yo me encontraba, el inocente naufragó declamando los versos de Medea en el ojo vacío habitado por los roji-amarillos y enfermizos deseos de Pánfilo Narváez.

Cabeza divina quien, camisa al viento, hambre al hombro, atravesó el mar en busca de nuevas y enriquecedoras tierras naufragó en la tormenta de sus sueños, él que atravesó montañas, valles, ríos salvajes ahogándose en su hambre, selvas desiertas de fruto para aquel que las miraba desde el fondo de un ojo vacío cayó en mortal trampa pese al andar buscando haber aprendido a amar el fruto hermano de aquel que dispersara al aire un apurado campesino en las lejanas planicies de su tierra, pese a haber amado sin poseer la pirámide del deseo, pese a haber aprendido a amar lo desconocido, la miseria hundida, pese a haber descifrado el primero el signo, el no querer estar junto al no poder partir, él, Cabeza negra.

Cabeza parlanchina que me pilló desprevenido para enseñarme a traducir sus sueños y terminó traduciendo los míos cuando lo pillé desprevenido y naufragó por segunda vez al querer embarcar sus esperanzas en tres frágiles navíos construidos por inexpertas manos de deseo, por ingeniosas manos de locura, por maravillosas manos limitadas por tener que hacer lo necesario, encerrando las lágrimas en las patas de ya inservibles cabalgaduras, Cabeza ilusa.

Cabeza brillante que brilló de nuevo brillo en el lago de plata, hambre de plata, hambre de oro, hambre de hambre, acompañado de un negro presentimiento atravesó el ardiente frío, la lluvia, la sequía que hace aflorar lágrimas de arena, escaló el cielo y descubrió el infierno perseguido siempre por la eterna sonrisa de la vieja eterna riendo su boca desdentada de dientes de oro resbalando en la sangre, resbalando en sus sueños hasta que un día frente a sus ojos, al derribar el último árbol, aquel que le impedía el paso para terminar así la pesadilla se encontró con el inmenso océano y a lo lejos, el sueño de nuevas tierras y el comienzo de otra pesadilla.

Y el pobre, Cabeza mortal, murió en vida lleno su cerebro de decepciones y milagros, perdido, ahogado en el bálsamo que cura, sin poder distinguir entre las malezas y las plantas que hacen reír al corazón pensando como tantos otros que al final sólo había llegado al comienzo y que todo su viaje había sido inútil y lo afirmo yo, yo que crucé sus sueños enterrados al enterrar los míos en el fondo de mi ojo vacío, vigilante, siempre vigilante, mientras observaba a Hernán, la pluma de cóndor robada en la mano izquierda buscando inútilmente el pájaro de plata que le devolvería la imagen de sus sueños, el camino de la vida que lo llevaría hacia la meta ya olvidada, Cabeza iluminada.

Humano entre los humanos, con la olorosa pomada hecha de sabias hojas molidas con las tripas del escarabajo de la luna, unida la pasta con el rocío surgido de las lágrimas de los dioses, el sacerdote cubrió el lugar del pecho en el cual de un golpe certero abriría con el pico del cóndor las carnes del prisionero al fin alcanzado por la ley, del prisionero prisionero de su pasado por haber sido testigo del crimen, por haberlo contado al recuerdo de una alcahueta y haber permitido se infiltrara en oídos indiscretos, por ello y por piedad desgarraría el sacerdote su pecho para arrancar el recuerdo y en el hueco protegido de la oscuridad, protegido de los vientos, protegido de las infieles miradas, protegido de la leyenda alumbrar nuevamente el fuego que indica el regreso de la luz, del movimiento y de la vida, Cabeza eterna.

La primera chispa, para evitar ser apagada, saltó tímidamente del pedernal a la grasa que ahogada en sangre fresca rodeaba la cavidad del corazón dando origen a una llamita que fue alimentada con la razón, con los pulmones, con la lengua hasta que triunfante sus chispas escaparon por los ojos alumbrando los fuegos en los corazones, en las casas, en las esperanzas, en los semilleros, en los maceteros de los indios, hasta que la quinta noche de la larga noche la noche se iluminó en su oscuridad.

En el instante en que para alegría de los indios las llamas iluminaron lo alto de la pirámide, en un viejo puerto Hernán sintió arder su pecho. Moctezuma supo, Hernán también supo y subió el último al pensamiento donde gracias a su gentileza todos lo reconocieron por jefe en ese año de sueños para unos y de sueños para otros y sin embargo pese a que todos soñaban el mismo sueño cuán lejos estaban los sueños de los unos y los otros y todos ellos del mío.

El barco elevó anclas en el momento en que regresaban a un soñador cargado de oxidadas cadenas que aprisionaban su cuerpo, pero no su sueño el que galopaba libre, por fin libre, por los caminos de la mente, Cabeza acogedora.

Y haciéndome el que no quería leí por sobre el hombro, Cabeza vivaracha.

Las aguas pobladas de extraños cuerpos, de maderos tallados de silenciosas historias desapareciendo acariciadas por las
olas, de mapas desvaneciéndose en los pergaminos, de pieles
cubriéndose de coral, de árboles de gigantescas raíces vagabun-
deando sobre la espuma, las turbulentas y verdosas aguas de mis
ojos provenían de las torrentosas y salvajes aguas perfumadas de
la suma de lo desconocido recogidas en un viejo y agujereado
balde de hojalata, único recipiente que puede aprisionarlas allá, en
el verde inmenso que rodea al puerto de Los Boldos.

Vieja lata amarrada con la cuerda de los sueños que de día
sacaba el agua de los seis ríos que conducen al lago llevándose el
cuerpo de los náufragos, seis que bajo el manto protector de una
raya pasean por las profundidades de todas las aguas del mundo
aguijoneando los muslos de las vírgenes, de todas menos de
aquellas que se bañan en el puerto de Los Boldos, saltado balde
amarrado de esperanza que de noche nos permitía liberar el deseo
y amarnos mecidos por las olas, mecidos por el viento, arrullados
por las hojas de los boldos que bañaban nuestros cuerpos de su
perfumada resina, nuestros labios humedecidos por el fruto almi-
barado, viejo balde que valiente coraza, hidalgo casco nos defendía de la sombra traidora de los litres.

Hasta que un día encontré a la susodicha, aquella tras la
cual cabalgué desde el primero de mis sueños, aquella que marcó

desde mi nacimiento de olor desconocido la mano vacía, aquella que se me escapó al borde de las grandes aguas para regresar nadando a mis lejanas aguas.

Aquella a la que entré impregnado de las costumbres de indio y caballero, de conquistador y conquistado, de mi madre la lengua y de mi padre el dialecto, susodicha a la que sorprendí cubriéndome de la blanca piel de otro, purificada la historia por el agua de la inmensidad perfumada de flores amarillas, de flores verdes, de flores rojas, de la raíz que contiene todos los colores y de la que brotan flores negras y al sumergirme en ella por primera vez monté en mi cabalgadura perdiendo mi tradicional cortesía lo que hizo que en el momento luminoso del triunfo nadie me reconociera y una vez más erré mi encuentro con ella, y solo en mi fracaso, por primera vez tomé conciencia de que el olor que acompañaba mi mano derecha desde mi más tierna infancia era el olor del más sagrado entre los sagrados aquel que indicaba el comienzo y el fin del sendero y que éste permanecería por siempre independiente de la piel con que me cubriera, del nombre que tomara, del nombre de aquella a la que amara, del nombre del sueño, del nombre de la tierra que persiguiera y se me negara.

Y sin embargo otros, vestidos con la misma piel, vestidos con mi membrana cubierta por el tiempo, cubierta de verdes algas y rojos corales que depositaran en ella los sueños de los míos y mi propio sueño barrían con sus alas los caminos secretos de la cordillera llevando con ellos las perfumadas y generosas aguas mientras yo, olvidado de los míos esperaba por los siglos de los siglos en una eterna espera, eterna o efímera dependiendo de quien espere y de qué se espere si es que algo se espera en esta desesperanza.

Otros siglos de siglos agregados a los anteriores, cansada de tanto esperar, el animita de Hernán abandonó la fría tumba rodeada de ardientes velas y relucientes deseos y se dirigió sola hacia el olvido al igual que lo hiciera el último indio de la gran masacre, aquel que se vio obligado a levantarse desde la muerte para triste con la tristeza del que no puede compartir su tristeza tomar su cuerpo despedazado e ir a enterrarse para siempre, el indio subiendo al lago de plata, Hernán bajando a la vieja cantera de donde sacará el ripio el tren fantasma, abandonada e inútil cantera que sirviera una última vez antes de ser cubierta por las aguas, aquella vez en que por fin, cicatrizadas las heridas y así refrescada la memoria, el pueblo decidió sacar de ella una piedra, la más hermosa, la más grande para construirle una estatua a ellos. A él, el gentil caballero, a él, el hombre venido de tan lejos, a él, el hombre venido del sueño, a él, el hombre concebido de polvo sin huella para que por fin entrara en otra historia.

Y así fue como Cortés, o la sombra de Cortés, o lo que se supuso pudo haber sido Cortés, aquello que fue y sin embargo nadie puede asegurar que existió, terminó su carrera por el mundo transformado en gallardo cuerpo de piedra, sombra erigida en el medio de una hermosa y modesta plaza pueblerina, iluminada por los reflejos del sol golpeando los viejos muros de tierra y paja blanqueados con cal, limitada por la roja arcilla que protege los sueños, mirando a través de los verdes marcos de la esperanza, rodeada de centenarios árboles de corcho adornados de hojas en forma de corazón que suben desde el tronco llevando en ellas las iniciales entrelazadas, la primera carta de amor.

Por primera vez en paz, Cortés sonreía impregnado de olores de primavera, el de la rosa y el del palto paseando tomados de la mano por las quejumbrosas galerías, el del yuyo y el del cardo seco jugueteando en la llanura, el de la lavanda y el del pensamiento amándose en los balcones, ofreciendo su cuerpo y sus sueños al viento, rodeado del canto de los pájaros contándose lejanas aventuras, susurrando en secreto las nuevas de nuevos y desconocidos mundos; Cortés, cómplice de amores, cómplice de las risas altas y cristalinas de las mozas que, sus cabellos peinados en lianas amarradas por cintas multicolores, cimbrando sus generosas caderas se pasean en el sentido de las agujas del reloj, risas que llenan el aire luego de besarse con las risas de los mozuelos que pasean en el sentido contrario al tiempo, cómplice de las miradas que llenas de promesas se entrecruzan en sus espaldas luego de dar la vuelta al mundo para esconderse de las miradas inquisidoras de las abuelas sentadas en verdes bancos de madera esperando inmortales, sonrisa desdentada, la llegada de la muerte.

Cortés, que cada cinco siglos, a la medianoche del lunes, un martes, el segundo de los cinco días vacíos derrama una lágrima, no de tristeza, no de amor, no de esperanza, no, de rabia, ya que es el único que sabe que a sus pies sobre una placa de bronce está grabado: de Doñihue agradecido, a don Francisco González González, palabras que reflejan a la perfección la trágica, al fin conocida y aceptada historia de Francisco Pizarro, el bastardo enterrador del pueblo.

Y el otro, aquel que subió solo la soledad a cuestas, se paseaba esperando en el hall central, esperando el tren que lo llevaría al lago sagrado para sumergir su memoria en la memoria de su pueblo y desaparecer en la primera sonrisa.

El otro cuyos antepasados todos murieron de muerte violenta renaciendo luego en la desgracia, renaciendo con el signo, con las piernas frágiles, chuecas, entrechocándose sus rodillas incapaces de cargar con sus sueños y con el olor desconocido que invade su mano.

El otro, Chavalillo primero, cuyo tatara, tatara, tatara, tatara, tatara, tatara, tatarabuelo escapó a la muerte ignorando que en el momento de morir, una india por él fecundada sin saberlo, era encadenada y llevada como prueba de la existencia del nuevo mundo, de las bárbaras costumbres de los salvajes.

Ella, la Lengua, vientre fecundo, pare de amor en el momento en que se la presentan a la más alta, la más hermosa, la primera que la primera reconoce en él el soñado mástil de almirante, y confusa, temblando de deseo, confía el pergamino a los monjes.

Bastardo principesco que muere sobre el potro de tormento cuando éstos quieren arrancarle el secreto del porqué desde su adolescencia busca flores para colgar en su cuello, él, modelo entre los modelos de los jóvenes castellanos ya que salió de piel clara, más clara aún por lo que su propietario no tiene nombre y es hijo de la tierra.

Semilla principesca que al morir exclama ante el horror de los monjes la milenaria sentencia y en el momento del paso al paso una joven novicia escapa del convento llevando sin saberlo en su vientre su secreto, el secreto de los copihues y dihueñes, y va a parir cual animal salvaje al borde del mar allá al lugar secreto donde las montañas se inclinan para besar el agua y quedan los enormes y salvajes bosques interrumpidos cada siglo por una hilerita de humo que sube hasta los cielos, allá, donde martillos, calderos, herraduras y gigantescas cabezas de caballos vuelan arrastrados por el viento fijándose en las nubes y en mis ojos, allá donde esperó protegida por una indiscreta nubecilla que la siguió sin dejarla un minuto desde el momento de la concepción, allá donde suspendí el sueño para soñar la vida, signo inconfundible de mis orígenes, allá, donde el rostro de la soledad es azotado por una lluvia triste y continua hecha de gotas cada una más solitaria que la otra, donde los sucios vidrios del vagón empañados de vergüenza son recorridos en su exterior por helados riachuelos que arrastran el pensamiento, y la tierra recibe al agua, único elemento que hoy podía poseer, donde más allá de la humedad paseaba un viejo tren de carga llevando a otros pasajeros de regreso de sus sueños, cargados de desesperanza, viejos trenes que chaca saca y el olor a carbón piedra deslizándose sobre dos serpientes frías, chirriadoras, perdida su agilidad, perdidos sus sueños, clavados por gruesos pernos a gruesos durmientes de madera de rostros desgarrados, pisoteados, mojados por mis lágrimas, abrigados por las nubes, borrados por el moho esperando espera vana que alguien se compadeciera y terminara de borrarlos de mi mente, allá, al comienzo, en el ramal de sueños entrecruzados, unos continuando viaje al sur del Sur para perderse eterno va y viene buscando el paso del fin de la tierra al fin del mundo, los otros desviándose del cauce para, envueltos en las negras nubes de carbón piedra ir a contemplar el viejo fuerte de piedra encargado de impedir que las aguas se lleven los sueños y esta historia, ambos perdidos en la búsqueda del ya olvidado camino que trepa la cordillera, ramal de barro frío, aire fijo en el tiempo, ruidos suspendidos, solitario ramal habitado por fantasmas, viejo e inútil ramal coronado de un podrido e inútil cartel de madera, blancuzco, bordeado de azul, suspendido en dos postes en el cual se encontraba su borroso nombre indicando así al soñoliento viajero en qué cruce se encontraba, ramal cuyo nombre desapareció sin que me diera cuenta de mi memoria y del camino de los trenes, y al final del tren el último vagón, el mío, el de los desposeídos, con sus duros asientos de madera alineados esperando ofrecer abrigo a los cansados traseros, separadas sus tablas para permitir que el aire entrara, que el calor saliera, que el frío lo invadiera y así golpear la dura y agrietada piel de sus ocupantes, sus tablas separadas cuales rejas que aprisionaban, que permitían se escaparan los sueños, se enfriaran los huevos duros que habitaban el fondo de las canastas de mimbre envueltos en un saco de harina, se calentara el salchichón rojo que envuelto en su sonora y quebradiza membrana esperaba que los dientes perdidos se hundieran en su carne, último vagón donde los reyes cruzaban sus espadas en pelea de plebeyos, en peleas bañadas por las pilseners, donde las damas se dejaban poseer paradas en los hediondos baños apoyadas las piernas una en la amarillenta taza del wáter la otra en la oxidada lata del lavamanos apoyado el desnudo trasero en la gastada lámina de Nuestra Señora del Perpetuo Socorro pegada en el espejo de metal mientras el vino caía de la damajuana sobre la boca del pretendiente, sobre la boca de la dama, sobre los sucios, sudorosos y hediondos sexos protegiéndolos del amor.

Vagón verde oscuro y negruzco marcado su fin por una farola roja que se alejaba chaca saca saca chaca envuelta en un olor a guardado, humedad y sudor, vaho penetrante de los trenes de mi niñez que se alejaban dejándome desesperado en el andén, arrepentido de no haber tomado el último vagón aquel en el que al chocar el tren, los sueños salen destruidos.

Ramal de infancia, ramal de juventud, ramal del tiempo perdido donde un niño, hijo de aquellos que fueran los dueños de esas tierras, pie desnudo, principesco y agrietado cuerpo protegido por una raída manta café empapada por la lluvia, el pensamiento acariciado por un seboso sombrero, los grises parches impidiendo que el calor se escapara de su cuerpo, la deshilachada hebra mostrando las cicatrices del amor, ofrecía al viajero que al comienzo llegó montado soberbio sobre soberbia cabalgadura y que hoy regresaba triste y despojado de sonrisa sobre las ruedas mohosas del tren fantasma, calientes piñones que robaba a su hambre, un ramo de rojos copihues para depositar en el recuerdo de la mujer amada y un dihueñe para encubrir el pensamiento.

Y fue ahí como mi madre, hermosa descendiente de la más hermosa entre las hermosas, aquella con la que sólo el cacique y el cóndor se atrevieron a concretizar sus malos y deliciosos pensamientos, en el momento en que las miradas se rehuían, en que las sonrisas se escapaban resbalando por el sendero de Agua Santa para esconderse entre las lianas, con sus grandes manos, deformes sus dedos de lavar ropa ajena, amasó otra semilla color oro escondiendo en el fin del amor su codiciado fruto, tras el color de la sangre su codiciado fruto, en las cenizas su codiciado fruto mientras soplaba la piedra negra coronada de una roja y oxidada lata por la cual se escapaba el humo, por la cual se escapaba el calor y el amor, por la cual penetraba el viento y la humedad que ganaba sus cansados huesos en aquel claro miserable donde la figura descarnada de un caballero montado sobre aún más des- carnada cabalgadura esperaba a mi padre para escoltarlo en el momento en que viniera a traerme a la vida tal como estaba indi- cado en los escritos.

Los primeros seres que corrieron por mis tierras, los primeros que riendo compitieron con el águila y el cóndor al mismo tiempo en el lago que bordea el mar y que bordea el cielo, que marcaron la espuma de montículos indicando la ruta, montículos que aparecen y desaparecen al ritmo del deseo del viajero que osa emprenderla, los primeros seres que poseyeron la lengua y el dialecto se llevaron con ellos los escritos sagrados, las pinturas con las que gobernaban al mundo sin barreras para regresar con ellas mil suspiros más tarde a detener el sueño en un desaparecido ramal y reescribir la vida en un enorme fresco en el que nadie se reencontrará y sin embargo todos estarán.

Todos, salvo un hidalgo caballero que llegará galopando sobre el viento cuando la pintura comience nuevamente a desvanecerse mientras a lo lejos, caminando de paralítico caminado, caminando sin dejar huella en este mundo, apenas sostenido el cuerpo por las deformes piernas se aleja tras sus sueños, tras las esquivas billeteras llenas de deseos prisioneros, un agujereado balde vacío en la cabeza y un seco pincel a la mano, yo sonriendo por primera vez.

Aquellos que se quedaron, que desafiando la vida y la costumbre intentaron revivir las leyes, pintar la vida sin pincel de tal modo que una vez terminado el cuadro desaparecía consumido por las llamas para que la historia no cayese en manos de la historia, cada historia viajando en su historia hacia la vida, esos que se quedaron desafiando la vida y la costumbre lloraron. Salvo uno que se sentó al borde de las olas, apoyó su rizado cráneo en sus rodillas y se durmió riendo por la eternidad.

Los otros se regaron por la tierra, subieron los montes, aprendieron las artes de la vida, mostraron lo que debe ser mostrado sin ser mostrado, dispersaron sus cuerpos en las plazas públicas cada miembro apuntando hacia los límites de los sueños. Al Oriente donde nacen los olores que los impregnan, al Poniente donde la mente se pierde jugueteando con las flores, con las aves, con ardientes cacerolas de greda dejando escapar olores fabricados por calurosas manos a partir de otros olores que perfuman los sueños cuando el mar se junta con el mar, al Norte, frío límite de plata y oro, al Sur perdiéndose en los huecos de la memoria, en los huecos de la vida, en los huecos de la tierra vacíos de plata, vacíos de oro y llenos de suspiros, el cuerpo bailando entre las doncellas mientras la cabeza sonriendo vigila desde el más alto de los árboles para una vez la danza terminada unirse las partes en el cuerpo que jamás abandonaron. Con su sonrisa quemaron lo que nunca se quemó, con verdes peces llenaron los estómagos vacíos y de las siete cuevas donde nació la vida salieron a poblar la mente, a caminar en el pensamiento.

Y al final la gente creyó verdadero lo falso, falso lo verdadero, verdadero lo verdadero y falso lo falso lo que en forma evidente hizo que entendiera lo que no entendió sin por lo tanto estar seguro de no haber entendido lo que entendió.

Despierta, despierta que ya la noche desaparece, que el susurro de las aves de amarillo, de rojo, de verde, de blanco, de negro y brillante plumaje rebota por los caminos pedregosos de la cordillera, que ya desaparecen volando las multicolores mariposas tapando con sus alas el mensaje de la luna y de mi amor.

Pasa del sueño a la vida, fecunda el universo transfórmate en sol, transformándote en luna, tus ojos brillantes en dos estrellas que jugarán nuevamente con el cóndor salvaje, que se reflejarán en el agua del lago de plata, que soñarán tus sueños en el mar, en el lago, en mi río, en el agua de mis ojos.

Y mientras corres por los senderos desconocidos de la vida, yo, aquí, solo, en el sueño, te construiré con mis gigantes manos dos montañas grandes como mi deseo para adorarte en la cercanía, para adorarte en la lejanía y en el altar. En el puente de suspiros que une las dos cimas sacrificaré a nuestro hijo para que su espíritu baje al sur del Sur en busca del sendero sagrado, para que sonriendo se transforme en el eterno y desaparezca volviendo al sueño.

Mi madre, la Lengua, siguiendo la tradición golpeó tres veces su vientre para impedir que naciera, para darme muerte y así impedir que viniera a sufrir en carne propia las crueldades de mis antepasados, mis propias crueldades, peores aún por ser las mías, peores que las del general que al fin y al cabo no pasa de ser un pobre general sólo que hijo de más malas madres que los otros generales.

Cinco, cinco que de haberlo sabido hubieran golpeado su vientre inmundo contra el tronco del más sagrado entre los sagrados sabiendo que el olor del canelo borraría el olor de la sangre podrida, de la sangre que ya corría pintando los deseos del general, cinco que no sospecharon a tiempo qué esperma las chorreaba, que el estremecimiento del sexo del varón era en realidad el estremecimiento de las madres cuyos hijos morirían a manos de la bestia, que el placer inexistente era la inexistencia del placer, cinco que de haberlo sabido se hubieran pateado en el vientre de su madre, la abuela del general, vieja eterna de desdentada sonrisa.

Cinco que con su gesto hacían que hoy Sempronio se preguntara cómo hay que hacer para matar al general sabiendo, como sabido es de todo el mundo, lo duro que son para morir y lo ladino de este tipo de bestias.

Es por ello que el cazador avisado, descendiente de avisado antepasado sabe que solamente tiene cuatro oportunidades para acabar con él.

Generalmente a la primera vez, sin moverse, contemplando fijo a los ojos a su atacante el general lo hipnotiza y hace que la primera tentativa fracase para enseguida de un salto, los pelos de su espalda erizados, la saliva cayendo de su boca, caer sobre su víctima destrozándola poco a poco. Primero le venda los ojos para evitar su mirada, invade su cuerpo con el temor, centímetro a centímetro avanza en el dolor, cuidando el límite, impidiéndose en su placer cometer el error de sobrepasar el segundo en que el dolor deja de ser dolor y la víctima se le escapa sorprendida por su propio placer nadando más allá de las fronteras de lo imaginable.

Sin embargo el cazador avisado entre los avisados sabe que, para evitar la trampa, el primer tiro hay que dispararlo escapando, es decir: descubrir, apuntar, dar media vuelta, escapar y disparar.

Generalmente sale la vida salva para combatientes y general, a diferencia del pedazo de honorable sueño que ingenuo pierde las plumas en el ataque.

El segundo ataque hay que comenzarlo en el momento mismo en que se cruza la frontera del miedo. Roza este tipo de atentado la frontera del animal el que se orina sobre los pasos de su víctima endureciendo la planta de sus pies descalzos mientras corre la víctima, corre perdiendo su grasa, perdiendo su cuerpo, corre la víctima hasta desaparecer del viejo mapa.

El tercero y más peligroso es el del pensamiento, aquel que puebla el sueño, aquel que sobrepasa la frontera de la propia cobardía, aquel que ama y que por amar el líquido de la vida moja la pólvora haciendo que una vez más el general salga ileso a continuar la muerte.

Pero solamente el más avisado sabe que para acabar con él hay que colocar, atravesada en la espina del primero que abandonó las grandes aguas, en la tibia del primero que cruzó el sueño desapareciendo de la tierra, en la punta de la primera de las saetas, una hojita de boldo la que al volar por sobre el viento, por sobre el pensamiento vibra al igual que las alas de la mariposa llamando así la atención del general, y cayendo a la mitad de la trayectoria hace que la bestia aparte sus ojos de la víctima y roto el embrujo el avisado cazador vea en toda su pequeñez al miserable general pasando éste del sueño a la muerte, del sueño al recuerdo, del sueño al sueño esperando volver a vivir en la pesadilla por lo que la carne del general no sirve para comer.

—Tiene mal sabor, —me dijo Sempronio al oído.

Sin embargo aquellos que empujados por la curiosidad osaron probarla dicen que la carne del general es buena para los que han sido casados y están viudos para que no se acuerden de mujer ni se fatiguen de tentaciones carnales.

Pero cuán lejos estaba el general de ser cazado aquella mañana en que trazó de mano firme un círculo sobre mis sueños.

Nunca supo Hernán por qué al llegar a la angostura del camino éste se le desaparecía tras el sauce llorón, qué secreto juego hacía que la montaña se fundiera con el río para preservar el secreto, y nunca entendió el porqué los indios llevaban pintada una escalera en su torso desnudo y una cuerda escarlata o verde o morada anudada a sus cabellos.

Nunca supo el caballero cuán cerca estuvo de las siete ciudades de oro construidas sobre las nubes que cubren el valle sagrado, siete que albergaban los antiguos escritos y la leyenda, siete a la primera de las cuales sólo se sube cuando uno se remonta a sí mismo.

Siete dispersas en un verde valle de doradas olas unidas por el río verde y cantarín en el que se bañaba un bellísimo animal de aguas, de carnes bien llenas, de frágiles y certeros dedos de señorita, de piel brillante, su cara hecha de sonrisas, ojos tristes de soñador empedernido, su nariz semejando un bondadoso mascarón de proa, pero por sobre todo una cara hecha de amor en su mirada.

Siete, una de las cuales, piedra sobre piedra, más allá de la dulzura del río encajonado fundiendo en ella la cantera y el amor daba abrigo al cóndor que vigilaba desde el centro del reloj sagrado, del reloj del destiempo de mi tiempo, daba abrigo en el lago, plata sobre plata, al pájaro sagrado en cuya frente una nubecilla indicaba el paso de la vieja locomotora, una que olor a carbón piedra, polvo y soledad, poblaba el hall de la estación central y mis ojos.

Uno, uno solo logró entrar curando el viento con sus manos, llevando el pensamiento lanza en ristre, cabalgando en la esperanza y se encontró en la primera de las ciudadelas ahogado en su miseria, y regresó llorando sin dejar una marca que distinguiera el sauce del sauce, las aguas de las aguas, la piedra de la piedra, la sangre de la sangre, sin percatarse de que iba cubierto de polvo de oro.

—¡Cíbola, Cíbola! —reían los pájaros—. Y él nunca más pudo volver.

La historia se fue escribiendo blanco sobre negro, rojo sobre blanco, viento en la piedra, y como de costumbre los nombres de los olvidados de la historia, huérfanos de andén que vagan por el mundo tras sus sueños, se escribieron viento sobre viento desapareciendo en el humo de las batallas, en el sudor de la frente, borrados por la eternidad de la faz de la tierra que conquistaron, o donde fueron conquistados, desapareciendo en el momento del encuentro de la memoria de los hombres que prefieren un sólo nombre, un sólo olvido, un sólo recuerdo.

Escrita por el último sobreviviente, aquél que al firmar su manuscrito desaparecerá en el papel de la miseria, jurando, jurando al cielo que ellos sí existieron, rogando, rogando a los dioses que no borren sus nombres de su historia, sonriendo, sonriendo al futuro al cruzar el paso y reencontrarse con los que se perdieron en la historia, en ésta, en la otra, en la que vendrá, en aquella que comenzó un día lunes triste hasta el infinito.

Historia sumergida en un sueño asado al palo, en una sandía de Paine, grande, jugosa, verde por fuera y roja, roja de amor por dentro, de aquellas que se parten lentamente de un solo sonido el que termina al dar la vuelta al mundo liberando las sonrisas de la tierra, liberando los sentidos y comenzando a ser comida por los ojos, por los oídos sin necesidad de tener que devorar el fruto.

Sandía perdida en mi pensamiento, extraviada junto a los tomates y a las largas y rojizas longanizas de mi infancia que colgaban alegres en la cocina cerca del fogón de madera esperando que el afilado pensamiento cortara de un certero cuchillazo los juguetones lazos que las abrazaban para ir a parar a las fauces hambrientas de los míos en premio por haber logrado pasar la cabeza por el ojo vacío tallado en la piedra.

Carne blanca mezclada con el ajo, poseída por el ruboroso pimentón, adobada con la pacífica hoja del laurel, con la pícara y codiciada pimienta, con el orégano y el perejil, verdes manchas sobre el eterno blanco de la menguante luna, salada por las lágrimas secas del mar, longaniza reidora que reía a grandes voces en la sartén untada de manteca sonrosada de color, que reía al liberar el olor de aquellas por las que tantos abandonaron a tantas y que en la ruta perdieron el olfato tapadas sus narices por el frío metal o por la bruma que oculta el paso allá en los canales que surcan el fin del mundo al comienzo del nuevo mundo.

—Entonces, allá fue a donde fue a parar mi chancho.

Allá donde el cielo tocó las nieves eternas aprisionando para siempre el camino, allá donde la soledad alcanzó la piedra y el viento fijándolos en el pensamiento, allá donde el hombre tocó de rudos dedos los suaves rayos de la luna, allá donde los ausentes dejaron guardado un suspiro, allá donde la vieja locomotora se perdió de la vista de los hombres llevando su carga de sueños que nunca volverán, llevando consigo a los que desaparecieron soñando en los sueños.

Allá, donde un hombre provisto de grandes alas recorría los caminos perdidos de la cordillera barriéndolos con el sonido de su flauta, levantando grandes nubes de polvo y alegres serpentinas de viento para preparar la llegada de las aguas.

Y yo, mi cuerpo friolento cada día más pequeño, comido por la miseria, por la falta de sonrisas, continuaba observando los viajeros, vigilante siempre vigilante en mi puesto, sonriendo sin que me vieran para que no me robaran mi sonrisa, confundido saludaba desde lo alto de mi cabalgadura, saludaba desde mi tierra observando la cabalgadura.

—Oye Sempronio, ¿qué se siente al ser testigo del amor?, suelta la pepa pos Sempronio, dime si es cierto lo que dijeron, que existió y desapareció en el suspiro, que existirá en el gemido, que mis piernas chuecas me llevarán a él.

Y una vez más mis preguntas quedaron sin respuesta mientras mi compadre sonreía sin dientes perdido en sus recuerdos sin recordar siquiera que una vez fue testigo ni de qué fue testigo, la memoria olvidada por haber sido testigo sin entender lo que en las miradas había visto y que él, más que mi compadre era mi testigo, pero eso no lo sabíamos ni él ni yo y ambos nos estremecimos de frío.

—¡Putas que soi pesao, Sempronio!

—No huevees Chavalillo que ahí vienen los pacos.

Y con disimulo, como si pisáramos de dejar huella, como si pisáramos con permiso, con su permiso tapiamos el muro y junto a las plumas, las piedras preciosas, la plata, el oro y el polvo de los ídolos nos hicimos invisibles en el hall de la vieja estación.

Cercados una vez más junto a mi compadre veíamos pasar el tiempo, traidor espacio que se desliza entre las piedras pegadas con sangre, piedra sobre piedra, hombre sobre hombre, sangre seca y negra derramada sobre las cabezas de los sacerdotes, derramada sobre la leyenda, derramada sobre mis dedos cayendo de los cuerpos destrozados por el viejo general, animal eterno alimentado de mis sueños, animal reconocible por lo que exhala el inconfundible olor seco y amargo de los que no conocen el amor.

Cercados por el olor a hierba fresca, a rocío deslizándose por el dorado fruto, a viento venido de la cordillera, venido por secretos pasos en escondidos desfiladeros trayendo el olor de los míos cabalgando pies desnudos, corriendo siete a una, una a siete, para anunciar la noticia, para que no les pase a otros lo que a mí me sucedió aquel año de los ocho vientos.

Y dando la espalda a mi compadre me disolví en el mar, mi cuerpo y mis recuerdos se dispersaron mecidos por las olas y más ligeros que el aire, más ligeros que el agua dieron la vuelta al mundo jugando con las algas, jugando con los nombres, regresando blanco, regresando verde, regresando espuma divina, espuma humana, espuma dolorosa, regresando al borde de las aguas que bañan el puerto de Los Boldos no sin antes haber contado mi historia a los blancos pañuelos que desde lo alto de las montañas saludan al mar, allá, al otro lado, allá, de donde salieron

71

los primeros navegantes, erguido mástil, vela al viento, olas sobre el rostro, membrana traspasada de deseo, allá, donde el aroma de laurel rueda victorioso monte arriba.

En el momento en que terminamos de tapiar el muro el sol se escondió en la cordillera, desapareció de nuestra vista sumergido en las aguas del lago de plata, desapareció en el aire para entrar en el recuerdo.

Frío sol de las alturas que rueda jugando por las planicies llevado por el cortante viento, cortando la piel de la cara, de las manos, cortando de afilado pasto los pies desnudos de los niños, encerrándose reidor en los dorados dientes del fruto acariciado, entregando amor en la soledad, desapareciendo en la larga noche para aparecer en el recuerdo del primero aquél que venido del fin del mundo aplanó la montaña y amontañó el pensamiento.

Su esposa, divinidad mortal, brilló de fría luz y en lo alto se escuchó un ruido venido de la tierra, un viento salido de la espuma, surgido de una herida del tiempo, susurro de la historia que trajo el primero en el primero a los habitantes venidos de la nada y que ocho veces más tarde se levantó una vez más jugueteando entre los montes, entre los corazones, corazones de viento que palpitan al aire, corazones que palpitan a escondidas como con cierta vergüenza de palpitar inútilmente, hasta el día en que el viento silencio silencioso cubrió la tierra, cubrió los sueños, cubrió el alma de unos y otros.

Al final, el hierro calentado al rojo vivo marcó las mejillas, los labios y la frente de los vencidos marcando en realidad el alma de unos y otros al no poder distinguir quién era el esclavo y quién el señor, cuál de ellos manejaba la crueldad y cuál la sufría, al no saber sobre qué base estaba construido el templo ni en qué líquido amasado el cuerpo de sus respectivos ídolos, al no saber cuál era el comienzo y cuál era el fin de la batalla y yo me preguntaba quién vencería a la muerte y al olvido y si sobreviviría para contar la historia.

Y pensar que todo sucedió por olvidar la historia, por olvidar que érase aquel tiempo en que el viento barría el polvo de la tierra para que la lluvia la poseyera, y de esta unión nacían las yerbas, los frutos y todos los alimentos, que érase el tiempo en que por primera vez ella bajó de una de las siete al encuentro de aquellos que subían seis en fondo apareciendo nuevamente el sol y el recuerdo del primero ante los ojos de mi pueblo mientras el otro galopaba radiante cerdo arriba dieciséis caballos subiendo perdidos en el fondo del ojo de una llama ardiente, llama que puso fin al quinto día de la noche permitiéndome correr por los senderos del sur del Sur conversando de conversación en alta voz sin lograr entender qué es lo que había visto mi compadre y quién había comenzado a seguirnos.

El olor a humedad nos invadía, el olor a tierra bañada de amores solitarios, a sangre de insecto devorando insecto, a madera deshaciéndose en el tiempo, a frutos surgidos de la niebla. El olor a dolor de huesos invadidos por las aguas y de alma poblada por la soledad nos cercaba; al igual que el sonido de los recuerdos avanzaba sobre las hojas secas cercándonos, iluminándonos el bosque iluminado por una gran llama surgida de la tierra, por la luz que nunca desaparece y aparece en el fondo de los ojos cruzando el cielo, por los templos ardiendo y la tierra y las hembras temblando de placer, cercados por el río que indomable se arrojaba estación abajo esperando la señal para salirse de sus aguas, para sacar a flote el ancla abandonada sobre la que estaba grabada a alga, coral y agua el nombre del barco a la que pertenecía, para rescatar los sueños naufragados, para confrontarme a El Conde y a mi destino.

Mientras, de mis heridas, corría la sangre liberando los temores que me acompañaran desde mi infancia, aquellos que trajera el mar, no flotando en la espuma sino escondido en las profundidades, mis heridas abiertas por la afilada espada de aquel que me perseguía por los verdes caminos del sur del Sur, por el sendero sagrado que conducía al agua que cura las heridas lavándolas de la sangre, devolviéndome la sangre, alimentando mi corazón.

—¡Eh, compadre! Ya podemos bajar, se fueron.

La partida era terrible, el enfrentamiento inevitable, a su alrededor un círculo, círculo de mirones, círculo de guardianes, círculo impidiéndoles llegar al círculo, encontrar el camino, romper a su vez el propio círculo que ellos cerraban celosamente en el medio y en el cual, tapete de esperanzas perdidas, jugaban su destino a dos ases, a un siete, no las siete, un sólo siete que les diera una espada, que les diera un balde para protegerse de la espada, un pétalo para proteger el pecho, que le diera el padre del olor para que ocupara su mano y así aliviar la carga de sus débiles piernas.

Dos deseos frente a frente en medio del gran círculo en cuyo centro cayó fulminada la mariposa de oro que galopaba en el suspiro subiendo por un seno, estrella de oro, escondiéndose en otro, estrella de plata, dos que esperaban la sentencia, que los sacerdotes descifraran los dibujos del bastón, los dibujos de la piel, los ruidos de los pasos que subían por el paso, la mirada del ojo seco y vacío del conquistador, dos que permitieron que al traspasar uno el cuerpo del otro la mirada traspasara su corazón.

Y por el círculo pasó Felipillo y jugó sus esperanzas y tomó los dados y los lanzó.

—¡Por Santiago y por la Virgen!

Las miradas siguieron al deseo por el aire, las respiraciones se detuvieron para no romper el equilibrio, los corazones latieron en el cuerpo y en la tierra, la espera duró siglos, siglos tras los cuales al caer salió un grito del fondo de la tierra.

—¡La puta que me parió, siempre la misma suerte! ¡Infiel, que te cambio por La del Pozo!

La del Pozo, virgen surgida de las aguas, curandera de amores, sumadora de esperanzas, astrónoma de deseos, cosmógrafa de sueños de la que se dice que ella sí cumple los deseos de aquel que la invoca con fe, con fuerza, con la mano cerrada en el miembro como si temiera se le escapara la del milagro y que por tu culpa la perdí y hoy vago por los caminos mi mano vacía al igual que el otro, aquel que me la diera una tarde allá en las llanuras de mi tierra cuando le indiqué el camino a Granada y hacia la gloria.

El otro, el que no reconocí y que sonreía de sonrisa al otro lado del círculo, feliz de haberla recuperado y nuevamente blandiéndola en el aire partía subiendo, partía bajando tras la infiel, hiriendo la piel de mi espalda, cortando las lianas, los boldos, corriendo tras mis piernas chuecas.

—¡Por Santiago y La del Pozo!

Y ni uno ni la otra existían y mi cerro era cerro donde florecían los amores, donde las doncellas bajaban resbalando por el sexo jugando al sube y baja, donde los varones, tronco al hombro competían a quién aguantaba más tiempo, y mi río era río y sus aguas verdes bañaban los gastados bordes de madera de mi bote, se dejaban acariciar por mis remos, mezclaban su agua con mi sudor cuando corriendo me arrojaba de mis sueños a sus salvajes remolinos, la gente arremolinándose alrededor mío, pisándome sin verme, acercando el vapor hediondo de sus cuerpos, el hedor a mi vino en sus bocas sin sonrisa, alejando de mis entumecidos dedos las billeteras que atesoraban mi billete. —Chaca-Cí, chaca-bo, chaca-la, chete-va —cantaba la locomotora.

Invisible locomotora que de tanto en tanto aparece en las estaciones del mundo, menos en las de las grandes estepas de donde desapareciera para siempre de la memoria de su pueblo desaparecido tras el recuerdo del valiente capitán, a conversar con los dispersos hijos de los conquistadores entre los que se encuentra su enemigo más poderoso, aquél que llegaría a poseerla, yo, el primer conquistado, el último desaparecido de la tierra.

Yo, Chavalillo el miedoso, aquel que tiembla frente a su sombra por lo que nunca sabe si sonreírle o dirigirle la palabra y como de costumbre quedar hablando solo, yo, el valiente que tiembla cuando le roban los colores del arcoíris, las lanas multicolores que bajan del sol al lago y todo se vuelve gris y uniforme, yo que sostengo al mundo, mi mundo, en el pensamiento, al vacío en mi mano vacía y apenas, apenas mi cuerpo sobre mis piernas paralizadas por el miedo, yo, vuestro enemigo poderoso.

Golpea Chavalillo, corta la cuerda de la vida, corta para siempre la cuerda del recuerdo, golpea con toda tu alma Chavalillo y borra así nuestra sombra de esta tierra.

Golpes eternos de las olas, del viento en las ventanas, llamando a los recuerdos, llamando sin prisa, llamando a los primeros que desaparecieron de estas tierras, llamando a aquellos que sabes jamás vendrán, golpea Chavalillo.

Golpea de duro golpe Chavalillo, golpea Sempronio, golpea Antonio, golpea Hernán, golpea Alvar Núñez, los pies mojados en las aguas de los lagos, agua de plata, agua de barro, un cirio en la mano regresamos los diecisiete desarrapados los ojos abiertos incrédulos de haber visto lo que no vimos, los pies cansados de pisar al mismo tiempo el afilado aire y la espumosa roca, regresamos los treinta y seis cabalgando en la esperanza para de rodillas subir las doscientas cuarenta y cuatro gradas que conducen al puente ubicado entre los lagos en acción de gracias por nuestra mala suerte.

Verdes lagos, azules lagos, lagos de oro y plata acariciados por los frágiles dedos de gigantes que se agachan para ofrecer sus mejillas a los húmedos labios de los venados salvajes, lagos donde flotaba un tronco más grande que la esperanza de los míos esperando aquel que pudiera cargarlo en sus hombros durante tres días y tres noches, uno que recorriera el comienzo y el fin del sendero sagrado, que subiera resbalando por el camino de Aguas Santas en busca de impías aguas y que bajara resbalando por los helados desfiladeros de mi cordillera.

Lagos de agua salada, de agua dulce como la miel escondida en los troncos de los avellanos y transformada en licor en los pétalos del blanco copihue, aquel que indica el futuro, aquel que esconde en el polen la leyenda, agua que desde las aguas buscaba el soñador para llevarla a los labios de los suyos y calmar la angustia de enfrentar lo desconocido aún así se enfrente con una mano vacía encerrando sin saberlo el secreto en su palma.

Lagos que conservan los tesoros de nuestros antepasados en las grutas sin fondo que pueblan su fondo, en las grutas que albergan el canto del primero y el último, en las grutas por las que me paseaba en mis sueños antes de salir corriendo por los caminos de los bosques, de bajar corriendo por los caminos empedrados hasta las viejas piedras bañadas por las aguas. Antes de subir al barco, antes de subir a la canoa, la camisa deshilachada uniendo viejos trozos de madera, el pecho desgarrado hinchado al viento, el dulce aroma de los boldos deslizándose sobre el agua, el dulce aroma de las algas del mar de algas rodeando nuestro comienzo, sin sospechar siquiera lo que me esperaba al llegar al comienzo ese día en que cerrando la puerta de madera para tapiar la cerca de piedra y así impedir que se escaparan los cerdos partí en busca de aquel hijo de mala madre que en la noche saltó la barrera y partió cabalgando cerro arriba.

Ese día en que dando un beso al recuerdo de aquella que me abandonó y de aquel al que jamás conocí cerré para siempre un ojo lo que no impidió que me lo arrancara la tibia de mi padre amarrada a un pez volador. Ese día en que la vieja eterna regresó para conversar con el general de cosas de la vida en la casa de la muerte, allá en las planicies de mi infancia.

Ese día en que mareado mi compadre se inclinó por sobre la borda para regalar a los tiburones del jamón serrano ahumado en la esperanza que colgaba en la cocina de la casa que nunca tuvo y vio mi rostro reflejado en la espuma cabalgando espuela de plata, rienda al viento sobre la cresta de una ola, cerrándole un ojo al fondo de nuestro ojo vacío.

Ese día en que esclavos ambos no comprendimos que el primero sería un esclavo, que el primero desaparecería de la historia por lo que no podíamos aceptar que había sido el primero, que el último desaparecerá de nuestra historia por lo que descubrió sin quererlo el puente de cal y canto ese día en que lo embarcaron al borde de las verdes y grandes aguas encadenado a sus sueños al pie de la más brillante, de la que señala el camino al paraíso y a mi infierno, la cuarta estrella de la Cruz del Sur.

Cruz del Sur que, las piernas abiertas entre las nubes, jugosa esperaba la llegada de mi padre siempre listo para iniciar el asalto, mi llegada, yo que salí para buscar la entrada y me perdiera el primero en los caminos de la cordillera siguiendo la llama que subía la escalera en medio de los dorados maizales que invisibles crecían entre las tumbas de los viajeros en el piso del monasterio de La Rábida.

Vacías tumbas de seres perdidos en la historia, abandonados en la bahía de los sueños, tumbas de raídos recuerdos, vientre seco de la tierra encerrando restos que yacían en húmedos vientres en otras tierras, tumbas de ilusiones entre las cuales una guardaba el mapa en espera de la llegada del soñador que el primero descifró el divino purgatorio, que el primero de lengua leyó en mi ojo, en las manos de tormenta del otrora navegante.

Naves de deseos se arremolinaban en torno a la nave central, naves que juguetonas se separaban llevadas por las olas buscando el paso, que atraídas por la luz roja del último vagón regresaban invariablemente tras sus pasos, tras el primer amor, tras el suspiro que les permitiría mirarse a los ojos y entender el porqué no entendí ni encontré mi propia tumba, algo propio para que por fin, en mi tumba, estuviera entre los míos.

Tumbas solitarias acariciadas por el viento jugueteando entre los boldos, levantando la pollera tantas veces levantada de la casada infiel, humedeciéndose de deseo en el deseo, trayendo los olores de la tierra, llevando los olores del mar, recordando a Sempronio su pasado, a Chavalillo su presente y al hombre de mirar de sueños su misión.

—Oye Sempronio, tú que lo viste, tú que lo ves todo por lo que lo viste, a ti que te dicen el ojo de tísico por lo que todo lo ves, dime cómo es.

—Chavalillo, se dice oído de tísico no ojo de tísico. Fue el oído el que me llevó a descubrirlo, el oído que me llevó a escuchar sus pasos cuando comenzó a seguirnos ese año en que hasta las orquídeas suspiraron.

—Sempronio, yo conocí un tísico que era sordo y sin embargo veía, a lo mejor eso lo explica todo.

En forma evidente Sempronio, y eso tú lo sabes, el único que no tenía tumba era el general pero qué iba a tenerla si es nieto de la vieja eterna y si consideramos el número de madres y el número de sueños que enterró ocuparía todo el cementerio o al menos toda la nave central, aquella de la que salí, aquella a la que volví, la navegante nave inmóvil del monasterio.

Nave madre de erguido mástil, vela al viento, nave hermosa a la que día a día al caer la noche, al aparecer las primeras estrellas a conversar con la luna, al caer las estrellas permitiendo al sol poseer de día la esperanza colgada al cielo las pequeñas naves que me acompañaban debían acercarse juntando los labios a su seno saludando —Oeeeee, Oeeeeee—, indicando así que el rumbo seguía siendo el sueño.

Y en esta historia, en forma evidente, el único que tenía prisa, el único que corriendo de lentos pasos avanzaba velozmente llegando incluso a dejar atrás al veloz animal de cuatro patas que a ras de suelo para su buena suerte devoraba un trébol de cuatro hojas, el trébol de mi buena suerte para mi mala suerte, era aquel que apuntaba una afilada espada contra mi espalda y contra el corazón del ingenuo animal que besaba el trébol para su mala muerte.

Verde trébol que no respetara el guanaco al borde del lago de plata disfrazado de verde entre los grandes bosques por lo que no sabía que en él estaba encerrado mi destino, pero en forma evidente eso no lo sabíamos ni yo, ni tú, así que qué lo iba a saber el guanaco, y así fue como mis piernas chuecas comenzaron a perder el camino a diferencia de las de aquellos que caminando de balanceado por lo que la búsqueda los marcó, por lo que la arena se hundía a cada paso para sentir el olor intentando reconstruir otros pasos dados en antiguos tiempos, por lo que el viento se detuvo haciéndolos perder el equilibrio al reencontrar sus esperanzas, a diferencia de aquellos que meciéndose encontraron el camino hacia mi trono, el de mi padre, el de mi hermano, el de mi hijo que me sacrificó en la cordillera, mi trono, cálido asiento de los desheredados de la tierra allá donde la tierra llevada por el viento se disuelve en el aire trayendo las noticias del mar.

Viento amable que según dicen los que no saben barre las tumbas solitarias a la orilla del camino, pero que nosotros sabemos, por lo que los nuestros fueron poblando desconocidas tumbas, no las barre, las acaricia y conversa con los nuestros llevándoles noticias nuestras, de nuestros amoríos, de las flores que aparecieron siguiendo al sol en las llanuras, viento amigo que borra el camino que conduce al camino, que hace cantar mis canciones a la vieja jarra de greda conteniendo chicha de maíz mientras yo alcohólico de cariño la bebo en extrañas tierras por fin acompañado de los míos, riendo, cantando, escuchando al viento contarme historias de allá al lado de mi tumba, al fondo de mi ojo vacío sentado sobre mis piernas vacilantes.

—A decir verdad Chavalillo, yo de alcoholes sí conozco, pero no de tronos, aunque sí, un día perdido en la inmensidad de las heladas aguas buscando un refugio contra la tormenta vi un pájaro de elegante plumaje e inservibles alas sentado realmente sobre un huevo observando la soledad.

—Sempronio, mi pobre Sempronio, cuando no se entiende que un huevo es un huevo y un trono es un trono cómo se va a entender la vida y el destino de los pueblos, la diferencia entre el vino y la chicha de maíz.

—Y a ti, ¿quién te dice que ese huevo no era en realidad el alma congelada del primero que desembarcaron en la bahía de San Julián y el extraño pájaro, en realidad una real pájara, mi madre, intentando revivirme con su calor para permitirme pasar el paso, llegar a la billetera y pagarte, con canela, con naranja, con un clavo de olor y dos granos de pimienta jugueteando en las burbujas, un vaso de vino navegado, ah?

—¡Penal, cartón rojo y fuera de la cancha concha 'e tu maire por lo que ahí me estai jugando chueco! Además para tu información, si hubo alguien distinto a un huevo fue aquel que desplegó primero las velas y la rebelión, el primero que flotando sobre la espuma, cercado de burbujas y dorándose en los vapores del alcohol enseñó de lengua a la Lengua, y por lo tanto era mi madre y no una pájara.

Marcaban el paso Sempronio, pisaban de huella como pisan aquellos a la vista de cuyas huellas me dan ganas de vomitar, y entre ellos, cojeando, uno subía trenzando la desesperanza en los cabellos de las mujeres poseídas por la fuerza, buscando el deseo en el reflejo del sol, desgranando la risa de los niños, uno, él, el antepasado a la vista del cual mi abuela levantó por segunda vez un niño, esta vez para estrellarlo no de estrellas si no de reventarlo en las rocas, supremo gesto de amor de mi abuela que no quería ver morir de hambre a mi hermano, nuestro hermano, de tristeza a mi padre, nuestro padre, de dolor por el dolor a mí, nosotros.

Marcando el barco en la piel de mi espalda, haciendo deslizar el barco sobre mis venas para recorrer el camino de la esperanza, leyendo el mapa jamás encontrado en mis ojos, marcándome de huella a mí, el primero que tocó con la frente la tierra y en secreto el pensamiento, gesto que nadie entendió y que me hicieran repetir por los siglos de los siglos transformando la palabra en dolor sin saber que cada vez que lo repito es él, el heredero, quien pierde y nosotros, los desheredados, quienes ganamos, al conversar así, agachados, así, tiritando, así, dignos humillados, así, en voz baja y con ternura con la vieja locomotora que chaca saca chaca saca en el ramal perdido.

Uno subía cubierta su cabeza de yelmo al igual que el primero, vestido de plata a diferencia del primero que vestido de plumas tejió con sus barbas la esperanza y poseyó la serpiente de amor, el primero que apareció sobre la espuma, la espuma fija en su rostro, y que sexo en mano fecundó la tierra que se le entregó gimiendo de placer, bañada su piel por la lluvia, gimiendo al sentir crecer en su interior las raíces del bastón, retorciéndose al sentir el fuego del volcán en sus entrañas.

Uno, el otro, el último, el que marcó el fin de la era y el nacimiento de la era, subía cojeando, abollado yelmo en la cabeza para impedir que la luz entrara, que la lengua se filtrara, navegando sin amor, bastón sin raíces, palo seco tanteando el camino, destruyendo, arrasando, su piel forrada devorada por la fiebre, por la sarna, por los mosquitos, intentando capturar las estrellas y a mi madre, buscando el sol escondido, el lago desaparecido, el paso, uno que subía buscando, sin encontrar buscando, tras de mí, buscando, tras la primera, buscando, tras nosotros escapando.

Y allí donde el bastón, sagrado olor al más sagrado penetró el vientre de mi madre se construyó la primera de las siete, piedra sobre piedra, piedra sobre agua, piedra sobre sueños mientras el otro empequeñecido su cuerpo, jorobada de plata su espalda, la brillante espada a la mano quemaba árbol tras árbol, nave tras nave buscando, destruyendo dioses e ídolos, el primero y el último, aquel que reinaba en el gran cu, aquel que desalojara de las cuatro marchas que conducían a la piedra de los sacrificios al que decapitó ¡por Santiago y La del Pozo! mientras su cabeza sorprendida, yelmo abollado, la maldición suspendida en sus labios rodaba cuesta abajo hasta los confines del mundo donde, tuerto, cojo, una cabeza más pequeño que el cortés estudiante de Salamanca del que se decía era enano, me encontró por lo que lo confundí con el primero y por mi culpa casi pasa, a diferencia del primero que por el amor de mi madre sí pasó, mi padre, que no conociera a su madre, tierra fértil muerta en el momento del parto, él, quien se adelantara a su tiempo viviendo la desgracia de ser el primero.

Yelmo de oro, yelmo de plata, yelmo de sueños abollado por las piedras, oxidado por la lluvia eterna que cae sin parar en los enormes bosques del sur del Sur llorando en las nubes del comienzo, apareciendo y desapareciendo en los pliegues del largo rollo de pergamino fabricado con la corteza de la higuera solitaria, en las cabezas de los guerreros dibujados por diestra mano manejando la pluma del cóndor prisionero, prisionero como la cabeza al interior del yelmo, prisionero como yo el día en que encontraron el camino escondido en un pliegue del tiempo del otro calendario.

Tiempos que corren por espacios diferentes, entre la rosa en flor y el cardo seco, entre los suspiros del amor y de la muerte, galopando sobre las aguas de la inmensidad en el lomo del pez de plata y oro, deslizándose del Misti, del Pichu-Pichu, del Aconcagua o del Tupungato, de las grandes montañas de mis sueños, Sierra Blanca, Sierra Negra, Sierra Roja, Sierra Madre, Villa Pobre, Villa Rica, Villa Perdida, Villa Hermosa, corriendo entre los lagos, en los bosques, corriendo tras los sueños, adelantándose a los sueños, tiempo ingrato, tiempo grato, navegando en una ola, en la espuma, en los ojos soñadores del soñador almirante, deslizándose entre las rocas y el pensamiento por las cicatrices abiertas que permiten el paso de uno al otro calendario en aquel preciso segundo cero marcado por el reloj.

—¡El reloj Sempronio! Apúrate que viene el tren.

La espada en mano brillante de sol dibujando el aire corté las olas que gallardas vinieron a acariciar mis pies, la espada en mano brillante de estrellas quemé mis navíos cortando el camino de regreso de ardiente filo, la espada en mano brillante de sudor, mis harapos al viento, corté la fina arena y mi pasado de fracasos marcando el límite sin límites de aquella que busqué y se me escapó la primera en Granada, la segunda en la gran pirámide, la tercera en la piedra venida de la piedra, aquella que al fin hoy en la fisura del tiempo, al fin hoy al atravesar de un calendario al otro logré, la espada en mano roja de vergüenza, tocar su espalda mientras se me escapaba por el paso en el límite del lunes a martes.

Aquella que se me escapaba acariciada por el pelo sedoso que recubre las hojas de los boldos, cerrando entre sus piernas los filamentos del amor, la primera de las sonrisas, sujetando con sus labios húmedos la redonda semilla, borrando con sus jugos las huellas de las lágrimas, aquella que se me escapaba llevando con ella la escalera, la cuarta grada, el corazón palpitante dejándome a la merced del otro, mi espalda desnuda conociendo el miedo por primera vez, mis manos inmovilizadas por el terror, mis ojos desorbitados mirando la punta de la espada, espada en mano que arrogante se acercaba a cortar mi dignidad hasta el día en que la vieja locomotora entre en la estación para devolverla, a ti, a ellos, a ustedes, seres mal dormidos de sueños inalcanzables, y también, os lo suplico, a mí. A mí, que ese día corría sonriendo por última vez por el camino que bordea mi hermoso puerto de Los Boldos.

Aquella que jugaba entre las tumbas de los primeros seres que poblaron mis sueños y que de cuclillas, brillando en la sombra, brillando de sol escondido en la tierra seca, cantando en la greda, silbando en la greda guardaron los aromas de la tierra en la greda cantarina, greda reidora, greda de amor conservando el fruto seco de amor regado por los cristales del desierto, perfumando historias envueltas en sudarios tejidos con las fibras del amor, contando historias de otros o las propias en sonrientes cavernas, en las cabezas trepanadas que amables liberan el pensamiento, en los sexos que les acompañan en el camino tras la muerte, sexos ardientes que aprietan entre sus labios el fruto que se negó a dar fruto, gozando, temblando, acariciándolo por la eternidad, vasos de oro y plata levantándose en el fondo de la tierra regándola con chicha de maíz, sembrándola con los verdes deseos dibujados en el fondo de los ojos de las doncellas, entrechocándose los sueños, escapándose los suspiros de la tierra maliciosamente chocando el acero de la espada que arrastrada por mi cansada mano trazaba una línea por la arena del desierto, una línea indicando el camino al sur del Sur cortando sin quererlo el cordón que me unía a aquella que al nacer el día se me escapaba cual una maldición borrando el camino.

Así fue, como sin saberlo, ese día comencé a entrar en ella, esa noche en que el viento cesó de hinchar las velas salvo aquella que viajaba de contrabando en la proa, la más pequeña, la aventurera que había atrapado entre sus alas a la madre de la culebra ese segundo en que en secreto se dejó poseer por el escarabajo de la luna mientras el mar formaba un camino de escamas de plata deslizándose sobre las olas, rozando el flanco de las naves, alejándose de la nave madre llevando en su vientre un pequeño pez volador que atrapado en sus sueños agonizaba la boca al cielo rociado por las gotas de oro caídas de la garganta de un ganso, ola dorada que bañó la mano vacía del almirante dejándome el olor, y circular sin salida en caracol, caracol grabado con fuego, cortada en vida la línea de la muerte por la espada perdida en el firmamento.

Mi pensamiento nadaba en la oscuridad de ese segundo día, segundo de los cinco días negros, un martes, martes once que merecía ser un lunes trece, ese día en que hasta la luna me negó su luz y la mirada del soñador chocó con un hinchado mástil que flotando recorría la inmensidad de las olas, que riendo recorría la inmensidad de la soledad, que abandonado de los suyos y su cuerpo, nave central, recorría los caminos de la historia recogiendo los vestigios del naufragio, mudo testigo hablando de lenguaje del velero que lo mantuvo erguido, del velero que perdió babor golpeado por las olas, que perdió estribor en la tormenta, que conservó el fuego cavando en su interior para abrigar el fruto, que siguió a la ágil doncella que bailando popa al aire saltó el arcoíris para ir a hundirse en el vientre de su madre.

Mudo mensajero del primero que dio la vuelta a la inmensidad, del primero que se perdió en el sueño, del primero que levantó un blanco pañuelo sobre la roja arcilla que coronaba los blancos muros, de aquel que partió para siempre sin saberlo, náufrago de casa, huérfano de caricias, negro como el día negro en que lo atraparon, cobrizo como la tierra desnuda de amor tras el paso de la espada, dorado como la ardiente arena cuando el amor la penetra, él, el primero al que todos desconocieron, él, el otro, su amigo, quien fuera atravesado por el aire vestido de aromas, él, el segundo, su enemigo, quien cirio en mano, de rodillas para ocultar la soberbia intentara robarse la historia desconociéndolo después de desconocer al primero a quien quisieron borrar de la historia y todos juntos, desconociéndolo a él, el esclavo que desapareció conversando con los suyos en su lengua, el soñador que primero entró en la lengua de mi madre, el que cabalgaba tras la historia, el que cargaba sobre sus frágiles piernas un suspiro de su pueblo riendo en el corazón de los desaparecidos entre las algas verdes, verdes algas que surgían de las aguas para vestir de bosque al solitario mástil propietario de ciento veinte esperanzas y que arrastrado por las corrientes, arrastrado por sus raíces, flotaba en medio de la inmensidad para sorpresa del descubridor.

Para sorpresa de Juan quien no logró descifrar las huellas dejadas por desconocidos seres, para sorpresa de Américo que vio reflejados en él sus pergaminos, para sorpresa de Hernán que por primera vez olió la susodicha, para sorpresa de Cabeza que reconoció la cuerda de la desesperanza, para sorpresa de Bernal quien primero lo divisó, para tu sorpresa Sempronio que reconociste el hinchado mástil de la tragedia y del olvido, para mi gran sorpresa cuando el cangrejo que lo habitaba me guiñó su ojo vacío mientras en su pata izquierda blandía una diminuta espada de plata perforando los billetes, expulsando aquellos que se subieron sin pagar cuando el tren se detuvo a 4300 metros de altitud en el paso rodeado por la nieve, tiritando de emoción antes de partir a su encuentro, nuestro encuentro, hombre contra hombre, loco contra loco, dios contra dios.

Resto de la historia que atravesado protegía la ciudad de las grandes aguas, protegía sus canales regulando el paso de la inmensidad, protegía sus muros hechos de piedra y madera perfumada permitiendo el beso de las olas, servía de puente que unía el sueño a la tierra firme por donde vendrían, por donde escaparían, por donde vino la primera piedra, la última de la pirámide, la de mi sacrificio aquella en la que arrancarían mi corazón y de su interior el pergamino.

Mudo testigo que unía tres ciudadelas, techos de paja abrigando los frescos jardines preñados de árboles frutales, de fuentes de plata derramando el agua cristalina sobre la copa fabricada en el copihue, de aves cantando las primeras melodías de mi pueblo, tres ciudadelas que rodeaban la ciudad, tres donde sus habitantes lavaban las lágrimas de plata para enviarlas de regreso a la inmensidad de las aguas, para devolverlas al espacio, para esconderlas de mis enemigos en los salvajes bosques, tres ciudadelas que los separaban de la primera, de las siete, del altar y de mi sueño.

Ancho camino en el cual de seis en fondo, de ocho en fondo, de uno en fondo, sobre dos, sobre una o sobre cuatro, sobre harapos, sobre piel o sobre plata avanzaban hacia el poniente, avanzaban hacia el levante rodeados por las flores —¡oh! ingenuos de nosotros rodeadores—, mis flores inodoras de día y perfumadas de delicado aroma por las noches, descubriendo con horror un hermoso ramillete sin olor alguno, ramillete de seres ataviados con más hermosos atavíos de los que se merecían, y allá arriba, en un espacio del tiempo, nosotros llevados uno y otro por los suspiros de las orquídeas.

Y te viste reflejado en las aguas del lago de plata, en los ojos de Quintalbor quien a su vez se vio reflejado en la nubecilla indiscreta que alargó su oído de tísica desde el fondo de tu ojo para escuchar al viento encajonado que bajaba la cordillera, que barría las estepas, que brincaba de ola en ola en el lago sagrado que rodeaba la primera.

Por fin lo que anunciaba la leyenda sucedió, regresaste a tu casa y a tu pueblo. No, no es un sueño, tampoco la pesadilla eterna, marchas, camino, te veo, te toco, me golpeas. ¡Oh, si mis antepasados pudieran ver lo que yo veo! Tú, de regreso, tú, cuyo rostro apareció en la primera piedra, tú para quien hemos guardado el lago sagrado y los bosques que lo rodean, los árboles y sus frutos, la Lengua, tu esposa, las aguas y la sal que se seca en los acantilados del puerto de Los Boldos para ir a borrar tus huellas en los gastados muros del monasterio de gastadas piedras gastadas por las lágrimas de aquellas que te vieron partir, tú que regresaste para permitirme a mí atravesar el paso y regresar.

¡Oh triste caballero!, al fin confirmamos lo que ambos sabíamos desde el día en que en el espejo de plata apareció tu figura ante mis ojos: que siendo fruto de la tierra no pertenecemos a ella, que somos extraños en medio de las flores, que para mi desgracia la vieja de eterna sonrisa disfrazada de sonrisa me condujo corriendo hasta aquí, hasta el cruce en que el sendero desaparece en medio del bosque. Tú lo sabes, tú a quien te condujo al punto de partida, los bosques perfumados del sur del Sur, del fin del mundo, del comienzo de todo, lecho del dihueñe y la avellana y que hoy regresas hambriento a buscarme y a mostrarme el camino, el paso susurrado por el viento, el camino perfumado por las únicas que saben, ellas, las más hermosas, las que lo logran por lo que su única ambición es el ser flores. Tú, que regresas por tercera vez, hoy a conquistarnos, a destruirnos quizás porque cegados los ojos por la soberbia, los huesos llamados por el sonido de la tierra paseando por sus agujeros, el bastón por la gruta del amor, la hembra por las raíces, te rechazamos la segunda, la primera vez que volviste y no quisimos seguirte por el paso y te expulsamos del pensamiento y te ocultamos en la leyenda hasta hoy, hasta que yo depositara mi frente en la tierra tocando así el pensamiento, dando vida a la leyenda, confundiéndote una vez más y permitiendo así que la infiel se te escape haciendo equilibrio sobre el solitario mástil. Y te ríes de mí por lo que se me escapa la locomotora por andar creyendo leseras, y me río de ti por lo que jamás la encontrarás por equivocarte de estación mientras ambos contemplábamos una estela luminosa que se hundía en el mar a cinco leguas a estribor de la nave madre y las aguas comenzaron a hervir en mi puerto de Los Boldos confirmando lo que digo.

Al calmarse las aguas un extraño animal, ave de negro plumaje, cantó ante la mirada maravillada de los boldos, cantó rodeada por el agua mientras en su espalda, protegida por plumas rojas y rocosas, dos navíos reparaban sus heridas para regresar a la no historia, y trece otros quemadas por el sol, devoradas por los parásitos, bañadas por el agua de la inmensidad, revoloteando cual mariposas alrededor de la espada cruzaban la línea de la muerte para entrar, para mi desgracia, en la leyenda.

Érase un martes once del año 1 Bambú a las cero horas, como me lo recordara en alta voz Sempronio, exactamente tres días antes de que ambos se miraran a los ojos y vieran más allá del pasado, más allá del futuro, más allá de los escritos sagrados de ambos pueblos, más allá de la leyenda y los deseos y penetraran uno en el otro, otro en el uno sin que luego pudiéramos decir éste es éste y llorando sin lágrimas sonrieran cargando en sus corazones el secreto y sobre sus espaldas el enorme tronco del más sagrado entre los sagrados, la frustración de no poder alcanzarla hasta el momento en que me desgarre al recibir el fruto, hasta el momento en que el templo del juego y del amor construido en las cercanías de la gran pirámide se parta en dos como está indicado en los escritos, hasta el día en que los ídolos se vistan color cielo, hasta el día en que el lago de plata aparezca nuevamente en medio de los suspiros de mi pueblo para acoger al pájaro cuya frente refleja los deseos y en éstos aparezca la luz alada indicando que 365 días después el gran secreto podrá ser revelado permitiéndonos al fin a los dioses ser mortales y al destino que se cumpla tal como está escrito en la piel, y al mirarse nuevamente ambos pasen de éste a éste e inventen otro ídolo construido de barro amasado por la mano de mi madre y maderos viejos rescatados del mar, maderos contando otra leyenda, trozos del mástil trayendo a mi memoria los manuscritos de los primeros que pidieron auxilio como si la tierra fuera redonda, como si mis pasos volvieran a pisar desde el comienzo, cercando, siempre cercando, regresando, buscando el trébol, buscando el lago, buscando el paso, el primero, el que me llevará a la trampa.

Ambos se miraron, todos se miraron, la dirección de las miradas iba del guanaco a la yegua, del caballero a la guanaca, del caballo a la huemula, del enano a las alturas, de la más hermosa entre las hermosas al mástil vacío del navegante, del brazo amputado de espada a la vacía mano que le daba vida, de Sempronio a Melibea, y todos tuvieron el mismo pensamiento estremeciéndose de placer anticipado: ver quién lo prestaba primero.

Y apareciendo en el mástil, desapareciendo en un recodo del camino, al igual que el erguido mástil de casa galante lo hace en caída vertiginosa del cuerpo de mi amante, caminando de soslayo a mi padre el sol, inmutable, sereno, sonriente, poderoso conocedor del secreto El Conde comenzó a correr de balanceados pasos por el hall de la estación central tras este servidor. Éranse las cero horas y un segundo. El tiempo había comenzado a transcurrir.

Y así fue, desde aquella lejana época es que a nosotros, a ti por ser testigo y a mí por escucharte es que no nos la prestan ni de broma como si aún la tuvieran encerrada tras los muros de piedra, encerrada entre las flores observando temblorosa la abeja conquistando la flor, observando envidiosa la flor conquistada sudando de deseo frente a cada rayo del sol introducido en el jardín donde la tejían sea bordando las ideas, sea, huérfana de lengua bordando los suspiros y los sueños.

—Por eso ni nos miran, como si nosotros no existiéramos y molestáramos en la historia, compadre.

Entre yo y ella quedaba un espacio, no muy grande cierto, no en el centro, pero esta mañana había encontrado, por primera vez y a tan temprana hora, un cliente, y pude sentarme tranquilo en un rincón cerca de la ventana empañada que daba sobre las vías por donde llegaban y salían mis trenes, mi diario muerto de lectura yaciendo en un costado de la mesa redonda, mis dedos tomando suavemente casi acariciando el sexo con mi rodilla así como con disimulo, como quien no quiere la cosa buscando el camino, y ella abriendo, guiando así como quien no quiere la cosa y a su vez jugando con sus dedos en mi sexo, al principio produciendo una sensación de sobresalto por el frío, un tiritón anuncio de placer y luego la mano húmeda y ardiente y ella mirando al vacío con cara de aquí no ha pasado nada, una cucharilla con la cual revolvía lentamente de derecha a izquierda, siempre con el mismo movimiento, lentamente para que el placer durara, mirando hacia los rieles como quien no quiere la cosa. Y como decía, ese lunes a primera hora pude sentarme tranquilo delante de una humeante taza de café.

Por puro joderme la vida, el mozo se acercó a ofrecerme algo para acompañar mi desayuno, como si el negocio fuera suyo, como si uno no pudiera entrar solamente a sentarse y pensar y soñar y en los días de suerte tomar un café humeante, pero no, siempre llegan, como sabiendo, como haciéndolo a propósito para

que uno se sienta mal, por joder, en el fondo por vengarse del jetón que los envía a joder, de las miles de veces que tienen que inclinarse y sonreír preguntando siempre la misma mierda y los gallos como yo que mirando fijo sin inmutarnos y aguantando el aire para que las malditas tripas no suenen de hambre siempre les respondemos lo mismo, sin siquiera mirarlos, como si no existieran, no por joder, no, para que no nos jodan, y él lo sabía y por curiosidad, sin disimulo, se inclinó sobre mi hombro para leer mi manuscrito y a la tercera línea exclamó con acento inconfundible:
—¡el huevón también es de por allá!

Y tomando la vieja silla de metal que estaba libre en la mesa de al lado, por lo que aquel gallo sí que estaba solo, se sentó a su vez a contarme, contarme de cuento su vida y aquello de lo que fue testigo y por lo cual tuvo que abandonar el país y hoy día anda como agachado, sobre todo de noche, por las tantas veces que tiene que inclinarse para ofrecer dulces y sánguches añejos que nadie le compra y los jetones ni lo miran y él que gana a comisión y todo por encontrarse donde no debía en el momento que no debía y ver lo que no debía.

Tenía los rasgos inconfundibles de la gente de mi pueblo, algo indefinible que hace que entre nosotros nos reconozcamos al instante, algo en la mirada, en el bigote, en las cejas, en la nariz, quizás en las orejas, o tal vez sean los pómulos, o el olor, en fin algo que hace que la gente de mi pueblo sea inconfundible ¿cómo explicarlo a usted que no es de allá?, aunque quizás por lo dispersos que nos encontramos, más desparramados que el polvo de la tumba de mi abuelo los días en que se levanta el viento en el cementerio público número dos, hoy pueda decirlo y se me entienda: cara de empanada. Eso es, uno los mira y ve de inmediato la cebolla, las pasas, la aceituna, los pedacitos de carne, la redondelita de huevo duro, la masa dorada, mis empanadas, regordetas, satisfechas de sí mismas. Sí, es como los suyos, usted los ve y los reconoce sin saber claramente por qué pero los reconoce, usted perdone, los reconoce si es que usted tiene la suerte de tener los suyos.

Patudo el mozo, pero claro cuando uno también es de allá como que deja de ser mozo y pasa a ser de allá y se siente autorizado de inmediato a contar su vida, a preguntar cualquier cosa y sin siquiera escuchar la respuesta entablar conversación por lo que uno es como de la familia, de esa que se perdió en el tiempo o en el caso del compadrito se perdió antes de tiempo. Sí, según creí entender no conoció a su padre. Ahora, como me decía, —de que lo tuve, lo tuve, y entre nosotros si mi madre hubiera tenido que escoger entre virgen y puta, yo diría que tenía más de lo segundo que de lo primero, entiéndeme, no por lo que cobrara ya que apenas nos alcanzaba para parar la olla, no, por lo necesitada de cariño que era. Siempre andaba como perra en celo arrastrando el poncho, como que se le olía, si hasta yo se lo olía y me daban unos celos y una rabia por lo que pese a lo rico que olía no había logrado darme un padre, uno que aunque me pegara pudiera mostrar en la escuela pública. Y no es que haya ido a la escuela por mucho tiempo, pero pucha gallo los otros como que se dan cuenta y preguntan, no por preguntar, no de querer saber, no, de joder y eso yo lo aprendí acá cuando me enseñaron a preguntar por joder, sonriendo, pero por joder, como endenantes cuando no sabía. Y desde esa época que me acostumbré a andar mirando y oliendo, y no se enoje, pero cuando estaba revolviendo el café también olía—. Y ella se paró ofendida y se fue. No se por qué por lo que a decir verdad tenía razón el compadre, olía.

—Ya, bueno, no se enoje que no es culpa mía, son así, la experiencia de los años me lo enseñó, pero va a volver por lo que cuando huelen así es que no se van y vuelven o como mi madre esperan, ella que lo vio partir llamado por el sueño de hacerse rico, de tener tierra propia, de esa de uno, de esa donde se puede hasta enterrar de nombre un muerto y es más de uno, de esa donde uno se puede revolcar sobre el pasto, sobre el trigo, ir a la parva, como allá en el sur, ¿se acuerda? y enterrándose en la paja comenzar a tocarla, a levantarle las polleras, a sentir la piel áspera con los pelitos parados por el deseo, parados como el que se le escapó a mi madre, el de mi padre que es al que yo creo le fue fiel toda la vida y no lo digo por lo que sea mi padre, no, aunque un día le descubrí una foto, de esas tomadas con máquina de cajón, al aire libre con un teloncito de fondo en el que estaba al centro dibujada la cordillera, arriba dos nubes, un cóndor y un volantín chupete con la insignia del Colo-Colo, en la parte de abajo el mar, la arena con una estrellita de mar con sus cinco brazos, un balde dado vuelta y una palita y un rastrillo cruzados como si insinuaran y ellos dos tomados de la mano, las otras no se veían, pero conociendo como olía mi madre de seguro que se lo estaba agarrando, no para que no se fuera, no, de amor por lo que hasta la foto como que olía un poco. Yo nunca pude tomarme una foto así, siempre salía como muy serio, como sonriendo pero no de sonrisa. Tomaditos de la mano, pero la otra mano se veía, sin verse se veía que no estaba ahí y como que mis fotos se borraban más rápido, usted que es letrado y que se ve que sabe, por lo que escribe el caballero, quizás usted pueda decirme el porqué.

De izquierda a derecha, lento, siempre con el mismo movimiento como para que no se diera cuenta coloqué cara de gravedad, miré para los rieles y guardé silencio como el del que sabe pero no quiere decir nada para no herir al otro, y casi siempre me resulta pero a decir verdad no tenía ni la más puta idea por lo que si el compadre no me lo dice ni siquiera me hubiera dado cuenta de que mi señora olía.

Agarré un Gitane, lo prendí como con cara de preocupado por la seriedad de la pregunta y lo fundamental de la respuesta, miré hacia los rieles y vi mi rostro reflejado en los vidrios sucios y empañados de la vieja estación central y la cara del compadre que sonreía y mi cara como agarrando una pinta de cara de empanada que no se la podía.

—El otro lo invito yo, y con un sánguche, no, no se preocupe, lo saco sin pagar, claro que no son como los de allá, los de allá mi madre los preparaba con tomate y perejil cosechado en el jardín de la casa, a decir verdad no era como un jardín sino más bien como un patio o como un pedacito de tierra que estaba guachito al lado de la casa y que poco a poco habíamos sembrado con unas papitas que daban buena cosecha, papas papas y no como las que uno encuentra por aquí y que no tienen ni gusto a tierra y en la parte de atrás un caminito que se perdía en la orilla del río y por ese camino vino la primera vez mi padre y yo lo vi. No, no a mi padre por lo que yo todavía no había nacido (putas el gallo pa' bruto y yo el huevón que le cuento lo que me pasó pa' ver si aparezco en el libro y más encima si me pillan regalándole el café capaz de que me echen y ahí sí que estaría en la mierda y este pobre infeliz no tiene ni donde caerse muerto y qué me va a poder ayudar, pero bueno, mal que mal también es de allá) no, más bien mirando de adentro p' abajo y la vi las piernas abiertas antes de que se lo metiera y como que supe que era yo el que venía.

Y lo vi salir por la puerta de madera, de esas de cuatro tablas unidas por tres tablitas y dos atravesadas en diagonal y un pestillo de madera, y pasaba el viento y pasaba el agua y tirando el cordoncito que colgaba para afuera entraba el que quería y parece que eso es lo que jodió a mi padre, eso y lo de los sueños, el jetón que pasó por el pueblo contando historias y mostrando algo así como un mapa de un tesoro o un pedazo de palo gastado como si por ahí no hubieran palos gastados y no fue el único que agarró papas y parece que fueron varios los que se echaron el pollo pero las otras lograron agarrar a otro salvo la mía que agarró y agarró pero yo nunca pude mostrar en la escuela lo que agarraba por lo que hasta el papá de mi mejor amigo pasó por ahí y yo lo sé por lo que miraba por los huecos de la puerta ¿se acuerda? la de cuatro tablas con el cañamito colgando.

—La mía los hacía con palta molida, palta del palto que había al fondo del patio, no, por el lado del jardín no, al fondo del patio, la molía con aceite de oliva (tres gotitas para que no quede muy pesada, una pizca de ajo, sal y tres gotitas de limón para que conserve el verde) y la palta olía, y el pan olía y la flor olía, pero que yo recuerde mi madre no olía. Debe ser por lo que no teníamos cañamito sino un timbre de mierda en la entrada.

—Bueno, no se me ponga triste, quizás algún día, cuando regresemos... ¿Es la Segunda? Putas que hace tiempo que no leo un diario de allá, uno que hable, no importa de qué pero que cuente cosas, que nos cuente un buen crimen como el que... ¿Usted es capaz de guardar un secreto? Espere un ratito que le traiga más café.

Y mi diario era de esos de acá, de esos que se leen sin hablar por lo que no hablan de nosotros y cuando hablan de nosotros no somos nosotros hablando de nosotros y todo suena como de afuera y yo que como huevón corro todos los lunes a la estación para ser el primero en comprarlo y hoy mi diario yacía ahí muerto en un rincón, inútil diario de mierda que ni a mierda huele. ¿Huele? Será idea mía pero como que huele a carbón piedra, ¿lo siente?

—Aquí estoy, perdone si me demoré pero como que me estaban rochando que no estaba laburando, como si el negocio fuera de él, y lo hace a propósito para que uno se sienta mal, por joder, para vengarse de la dueña que viene cada tarde y lo jode a él preguntándole siempre la misma mierda y ya sabe la respuesta y él que gana a comisión me jode a mí como si yo hiciera los dulces de mierda. Los sánguches, en cambio, hoy día estaban más frescos, claro no son de lo mejor pero no estaban tan malos ¿no es cierto? Bueno, ¿en qué habíamos quedado?

¿Cómo le hablo del secreto sin espantarlo? Y ni siquiera en el diario puedo tomar notas, capaz que el jetón se asuste y no suelte la pepa y me quede con la bala pasada como la madre del huevón este cuando se le largó el machucante.

—¿Que por qué sonrío? Es que me acordé de allá.

—A mí también me pasa, a veces es un ruido y altiro parto de vuelta. Una vez fue el ruido de una locomotora, así, de golpe los sánguches se me transformaron en tortas curicanas, de alcayota con nueces, de manjar blanco y los gallos bajaban corriendo de los vagones de tercera pa' comprármelas y las manos no me alcanzaban y me metían los billetes en los bolsillos y sacaban el causeo de patas del canasto de mimbre que aguantaba entre mis piernas, con cebollita picada en pluma y ají y la color que le metía la minoca que había bajado arreglándose los calzones todavía oliendo y como con ganas de que la llevara al baño a ver la virgen, y los billetes caían y caían y al fin iba a juntar la plata pa' largarme de este país de mierda ya que estoy convencido de que aquí tampoco está y que lo que vi por las rendijas de la puerta lo vi y no era sueño, y de eso quería hablarle.

De las tres rendijas la mejor para mirar era la de la izquierda, se sonríe usted pero no, no es por lo que piensa, no tiene nada que ver con las otras historias, no, yo no soy del paseo, es solamente que yo veo mejor por el ojo izquierdo, desde mi nacimiento que ha sido así, quizás por lo que mi padre... aunque como le decía yo no lo conocí pero a través de mi madre y del olor de la foto fui como reconstruyéndolo y la sombra que le daba el sombrero y su posición, así como caído sobre el ojo a lo choro era a lo mejor para ocultar que era tuerto, no tuerto de nacimiento, no, tuerto de pelea, de gallo de cantina, de huaso que camina tambaleándose rebenque en mano, de esos que levantan polvo al caminar por la calle principal del pueblo, principal y única como fue único mi padre cortada solamente por el sendero que llevaba al río por donde los otros pasaron.

Gallo que no se dejaba sorprender fácilmente, no como yo que me agarraron por pelota por no haberme dado cuenta a

tiempo de que estaba mal parado, mal parado no de patas chuecas, ¡oh, usted perdone! no fue de intento. Como le decía, mal
parado de ahí que a la hora que me paro más allá no veo lo que vi
y aquí no ha pasado nada o si ha pasado, uno no se da cuenta o
puede hacer como que no se da cuenta pese a que se da cuenta,
como cuando usted endenantes con la pierna. ¡Ah! y de que pasa,
pasa pero pasa como por el lado.

Una sola vez lo sorprendieron y fue cuando pasó el pregonero rompiendo lazos con su espada, trazando líneas con su
espada: —aquí atrás, la pobreza cotidiana, el curvar la espalda de
sol a sol para plantar la semilla que no da fruto, acá, los amores
repetidos sin sabor, la sonrisa forzada de los domingos, el yelmo
de lata aprisionando el sueño. Allá Cíbola con sus techos de oro,
con sus calles suspendidas sobre el agua, con sus casas de ocho
cuartos cada uno escondiendo en su interior un tesoro, allí, la
muerte en la historia. Acá, la muerte en el olvido y ellas, ellas, la
única, tras la cual partió el caballero, montado su esqueleto sobre
el viento, ellas, la única, por la cual se enfrentaron los hermanos y
los pueblos, ellas, la única, pero que aquí perdió el olor y como
máxima recompensa ofrece unas gotitas de sudor corriendo por la
piel polvorienta y resquebrajada, ellas, la única, que allá huele de
aroma: de canela su cuello, de laurel sus orejas, de clavos de olor
sus caderas, de pimienta recién molida su sexo, de orégano sus
pies y de perejil recién cortado los dedos de la mano, de culantro
los sobacos y de hojas del único, del árbol del amor sus senos,
aquel que da sombra al viajero y lo protege de las estrellas y de la
lluvia de lágrimas de plata con que las nubes riegan por las noches
la tierra y el vientre fértil. Allá el yelmo es de oro y plata y permite

que el sueño se vista con sus mejores galas para salir a encontrar al sueño.

Y claro, así a quién no lo sorprenden, aunque debió haberse dado cuenta de que mi madre también huele y huele de olor, usted, yo, los elegidos lo sabemos.

—No, yo no lo sabía, lo estoy descubriendo.

—Pero al parecer ya en aquella lejana época le habían comenzado a dar calenturas y el cuerpo y la mente como que se apelotonaba, como que la mente comenzaba a hervir sin que la presión tuviera por dónde escaparse, y me contaba mi madre que comenzaba a dar vueltas sobre sí mismo, a caminar canero, ¡ah, se sonríe usted! como cuando pese a que la puerta de la celda se la dejaron abierta usted no podía salir y se daba vueltas y se revolcaba y sabía que no podía tirar el cañamito. ¿Que cómo lo sé? ¿Ya no se acuerda? Yo leo sobre el hombro.

Pero es de otra cosa que quería hablarle, lo que pasa es que como que los recuerdos se confunden y a uno se le arma la media mazamorra en la cabeza. Yo le quería contar lo que vi, cómo el cuchillo brilló en el aire antes de atravesarlo y la espalda se encogió como sorprendida y comenzó a gotear, a dejar escapar la humedad acumulada chorreando la puerta, chorreándome a mí que estaba parado viendo lo que no debía donde no debía para mi mala suerte y fue ese gesto de amor el que me obligó a tomar el camino que tomé hasta que un día el cartero de los sueños y las pesadillas me trajo una segunda carta.

*Recordado hijo,*

*hoy en medio de tanta angustia y mi dolor inmenso te mando estas cuatro líneas para darte a saver de la muerte de tu padre Pues hace 8 dias murio Nos dejo un vacio muy grande a pesar de llevar tanto tiempo enfermo era una gran compañía para todos.*

*Pero sabes tuvo una muerte tan linda pues se quedó dormidito como un niño el estuvo espiritualmente muy vien acompañado pues cada ocho dias venia el curita a traerle la comunion.*

*El juebez me dijo que lo aceitara y le cortara las uñas y lo limpiara vien que queria estar limpio cuando le llegara la comunion.*

*Esa noche cuando centi que no roncava lla estava muerto, ni iso vulla, murio como un niñito, pero a pesar de la angustia y de la Soledad en que estoi sumida le doi gracias a Dios que lo quito de estos tormentos tan orribles lla que sus patitas estaban encogidas y se estavan como achicando.*

*Se que para ti es terrivle por eso no te cuento nada mas para no ponerme a llorar y tener que bolver a escribir la presente lla que me a dado mucho trabajo.*

*tu madre que te quiere*

Pero yo sabía que él no era mi verdadero padre por lo que yo la vi cuando el viejo tomó el cuchillo carnicero y comenzó a afilarlo contra la piedra de moler ajo, como para que quedara con sabor y fue limando una tras otra las huellas de los golpes, los gestos que fueron mellando el amor, que fueron gastando el olor en el olor, y yo que había comenzado a escuchar primero los gritos y luego los gemidos, y afortunadamente, compadre, éramos tan

109

pobres que no teníamos sábanas lo que me permitía ver mejor para aprender las artes para cuando a mí me tocara, salvo ese día en que vi su mirada fija, perdida en el vacío, como estando lejos, como sabiendo lo que hacía, sonriendo nuevamente por primera vez desde que mi padre se fue y otros comenzaron a pasar, la vi a ella mirando hacia el camino por donde vino él, esperando, mientras su mano llena acariciaba la cacha del cuchillo carnicero. Dicen, me dijeron, que un día mi padre se embarcó, y llegó el día en que yo también me fui, por eso, por lo que acabo de contarle, y en el barco el almirante olía de olor, y pensé... Pero no, puede haber sido el viento y la imaginación que estaban jugándome una mala pasada.

—¿Que cómo me llamo? Pero creí que ya lo sabía pos compadre, me... El tren, ¿escuchó? Apúrese iñor que se le escapa.

Todo había comenzado por una mirada torcida, como de esas miradas que da la historia cuando quiere dejarlo a uno fuera, cuando como que mira de reojo, jamás de frente, de esas miradas que hacen que uno se equivoque de camino y en vez de partir hacia la moza y hacia Granada parta hacia la cordillera y el lago, parta hacia el puerto, mi viejo puerto de Los Boldos perdido al igual que el lago, ambos perdidos al borde de las aguas, uno perdido de cariño, el otro perdido de amor, uno al que jamás llegaría, el otro de donde me expulsarían.

Y entre los dos un río, no muy grande, pero acogedor, no de oro, pero rebosante de riquezas, no la cabeza del imperio, sino el vientre del imperio y que bañado por el mar y el lago tocaba el cielo más allá del cielo y a nadie pertenecía.

A decir verdad no tenía nombre sobre el mapa y el verde-negro-blanco invadía el sueño a partir del viejo puerto, y al que en él se bañaba lo volvía loco de amores en una sola noche, secaba su sangre al perderlo en la arena, helaba su corazón al abrazarlo en la nieve eterna, al que de sus aguas bebía lo dejaba corriendo por la eternidad entre los bosques salvajes, los primeros, los míos, aquellos que encierran al más sagrado entre los sagrados y entre todos un boldo, el primero entre los primeros, el que me permitió descansar en la carrera tras mis sueños y tras ellas, ellas, la única.

Y la mirada torcida de él, el segundo, aquel que llegó para conquistarla a ella y si solamente hubiera sido el segundo, pero las miradas torcidas iban del primero al segundo, del segundo al tercero y así hasta la estación central por lo que no era yo solo quien había tenido la idea y todos en aquellos tiempos soñábamos con ella y cruzábamos miradas aceradas como espadas delante de la más hermosa, la más bravía, aquella que cabalgó sobre las nubes para acariciar la sangre y nosotros todos estábamos secretamente enamorados pese a que sabíamos que uno sólo ganaría por lo que ella es esquiva y si bien es cierto todos nuestros corazones resonaban de apresurados latidos solamente el mío resonaba de cascos de plata trepando por los sueños.

Cascos de plata retumbando sobre las olas, acortando las distancias, alargando la esperanza, pregonando nuevamente su presencia para acallar los rumores, para aquietar los espíritus, para permitir que el mástil partiera nuevamente navegando por la inmensidad hasta que mi hijo lo encontrara encallado en un claro perdido en medio de la selva y lograra leer mi mensaje de amor para llevarlo hasta su madre y en ese momento de un golpe, de un solo golpe en el aire decapitar al imperio y a mi pasado permitiéndome galopar por el valle, siempre corriendo por lo que al igual que tú me encontraba en gran peligro.

Pero eso yo no lo sabía, sí los indios que curvando sus espaldas subían los caminos secretos de la cordillera cargando las joyas de los dioses, las joyas de nuestros antepasados, joyas de simple coquetería, de sentirse bien, de brillar solamente por lo que el sol brilla, de perforar las orejas para permitir que el viento cante en ellas, riquezas que a medida se acumulaban en los barcos desaparecían de la vista de los hombres llevadas por la tormenta, salvo aquellas que envolviendo en una tela envolví a su vez en mis brazos para no perderlas antes de arrojarme al agua, y la tormenta se la llevó al igual que se llevó mi barco y mis servidores y mi espada y a mí también casi me lleva el putas pese a que en aquella época ya había encadenado la primera de las reales cabezas a mi cabeza, la primera de las siete.

La ley me lo prohibía, la ley de ellos y la mía, pero yo soy hombre sin ley o hacedor de leyes cuando la indiscreta nubecilla cubre el rostro de la luna, es decir hago leyes saltarinas que sólo sirven para sonreír, por ello salté el muro sabiendo lo que me esperaba, temblando al imaginar su pequeño cuerpo escondiéndose aún más pequeño bajo un poncho, ambos sabiendo el castigo que nos esperaba si nos sorprendían, ambos pagando por anticipado el haber cruzado una mirada en el pasillo que conducía de uno al otro propietario de esas miradas llenas de promesas, insolentes, húmedas, acariciadoras, de esas miradas que uno le pega al cuerpo, a las piernas, a los senos, al trasero de la mujer del amigo cuando éste te da la espalda, de esas miradas que trepan por las piernas y se pierden jugueteando en el pubis. De esas miradas que ensucian, que maltratan la dignidad de ellas, la única, miradas que ni siquiera llegan al baño de los vagones de tercera y parten chorreando los pantalones hediondos de miradas no devueltas, por lo que cuando te devuelven esas miradas con la mirada de ellas, la única, agárrate Sempronio que la bestia se desboca cordillera arriba y se pierde la amistad, no lo sabré yo que ando más botado que envoltorio de ambrosía.

Y cuando aparecí vendiendo sueños y gastados palos, ella fue la primera que levantó la espada de firme puño y partió conmigo, ellas, la única, a quien su pueblo había despreciado por lo que olía, por lo que sus senos desde que comenzaron a redondearse apuntaron cual volcanes hacia el placer, por lo que su pequeño sexo sonaba, rugía del sonido ronco de mis volcanes en el sur del Sur, por lo que en el fondo de sus ojos se reflejaba Cíbola, la primera de mis amores.

Se subió en el mástil Sempronio y se agarró a él por puro amor, no lo soltaba ni para dormir, sentada en su punta, acariciando su cima, mirando las estrellas su mejilla apoyada contra él, intentando alargarlo con sus dedos por lo que se decía que mientras más alto más sabio y mejor le permitiría ver la primera la tierra del amor y de los boldos, ellas, la única, que vinieron en los barcos, en los sueños, grabadas en las pieles mojadas por las gotas de sudor, ellas, la única, como siempre las últimas, agarraditas a los sueños de él.

Pese a que yo se la regalé, compadre, hoy, si quiero continuar mi viaje, tengo que separarme de su mirada, por ella, por mí, por lo que anoche levantó su mano llena de puñal y blandiéndolo sobre mi cabeza intentó descabezar al sueño para recuperar su imperio al igual que descabezó al segundo de los siete permitiéndome triunfar en la batalla.

Fue en una curva de la mirada que lo vi por primera vez, iluminado por las velas, iluminado por el pensamiento, el primero de los planos, escondido en las cenizas de los libros quemados en la hoguera, en la corteza de los árboles, en cada una de las gradas que montaba hacia el lago contando nuestra historia.

A propósito de miradas, tengo la espalda como traspasada por mil cuchillas, dura como el corazón del árbol, sucia como la mirada del general, no será que, no será, no, nuevamente aparece en una curva siguiéndome los pasos, corriendo tras mis huellas, apareciendo en el pensamiento y hasta en tu sonrisa, compadre, corra, corre, apura, apure, que llega, que se nos va, agárrela compadre, que no se den cuenta, agárrala por atrás, con la mano, con los pies, con la lengua si fuera necesario, corra usted, corra amigo, corra compadre, ¡corre mierda que se nos va la billetera!

Y se me escapó, se me escapó al igual que lo viene haciendo desde aquella tarde en que se me escapara en Granada dejándome la mano vacía y obligándome a embarcar dando golpes de espada contra las olas, contra el aire combatiendo las nubes, se me escapó pese a que ya había colgado en mi mente la tercera de las cabezas decapitadas, yelmo de plata.

Fue por ello que comencé a construir mi barco, no un gran barco, no, pero un buen barco, resistente al embate de las pesadillas, uno que pudiera ser poblado en su camino por aquellos que murieron en poder de sus enemigos, por las espaldas acuchilladas, por los miembros quemados, por los pasos grabados en el cuerpo y que permitían que el viento circulara en ellos como lo hiciera a través de las montañas y de los árboles solitarios que cerraban sus ramas en los grandes bosques, uno de esos con los que navegan los lobos de mar, los pescadores de mi tierra, nuestra tierra, nuestro mar, compadre, un barco capaz de pasar por el costado de la cantera y recoger con sus labios una piedra, de saltar por sobre los árboles derribados por el viento en mis caminos del sur del Sur, capaz de partir en busca de alimento y perderse en el hambre, como aquella vez ¿te acuerdas? en que vestido de miseria, un cordelito amarrando mi sexo entre las piernas para evitar un inútil va y viene que no conduce a ninguna parte si no es a regar la tierra, con cicatrices vistiendo mi cuerpo, y mi espada.

¡Oh dioses os maldigo!, mi espada desnuda temblando al viento y oxidándose, y yo que mirando de horizonte di la orden cual si fuera un general cualquiera, ve, sube al barco y ve a traer el alimento necesario, y más bruto aún que el general no especifiqué cuál era el alimento necesario. ¡Bestia de mí! dos veces bestia por lo que ya conocía al general.

Error que te pudo haber sido funesto, que te pudo haber conducido al horror, como los condujo a mí aquella mañana en que el viejo militar dio la orden: ¡tráiganlo!, y claro, como no especificó por lo que es militar, las bestias le trajeron hasta los envoltorios de ambrosía que jugaban en el suelo, y en medio de ellos, yo, perdón, una hoja de boldo, y yo.

Y como en aquella época no nos conocíamos me obedeciste y subiste a la proa a ocupar el lugar, a mirar de ojos largos con mirada de nubes y tormenta, la mano vacía apretando el timón, diste la orden de levar el ancla sin darte cuenta de que en ella estaba grabado el nombre de otra nave perdida, ella al comienzo de esta historia cuando aún olía, cuando salió por primera vez, cuando cruzó los muros del monasterio.

Las aguas se arremolinaron intentando proteger el secreto, la entrada al desfiladero, tomaron en sus brazos la nave para llevarla a conversar con las algas de la tierra y la desbocaron cual caballo de hidalgo caballero subiendo la montaña, cual amor mirado de lasciva y prometedora mirada y de tres, y no es cachiporreo ya que estoy hablando de otra cosa por lo que a tres no llego, y de tres empujones me hizo avanzar en un día aquello que tardaría cien años en recorrer a la inversa.

Fue así como no me quedó otra solución que dejarme llevar por ellas vigilando lo desconocido, avistando de vez en cuando una de las orillas vestida de verde, vestida de flores y aves de rico plumaje y lenguaje vivaz, vestida de mujeres que sexo al aire acariciaban el deseo desde la lejanía abriendo sus piernas al paso del viento, abriendo sus piernas al torrente, abriendo sus piernas a aquel que se abalanzaba sobre ella desde la cordillera para ir a fundirse en sus jugos, en su calma, en la caricia de la cabellera que vestía su sexo, al igual que mi río penetraba y poseía al mar perdida la violencia en el amor y la inmensidad, penetrándola a ella, la más hermosa, que vestida de otro nombre dejó las llanuras para venir a domar, cual jinete a yegua, cual experta amazona al amazonas, a domar mi dolor y mi deseo, ¡oh doña Inés del alma mía!, mía por fin mía ¡Fresia!, te dominé y te poseí ¡Lengua mía! y en ese preciso instante me agarraron y te perdí.

Náufrago de madre naufragué en una isla, no de naufragar, más bien de naufragáronme y en la isla más que isla era una bahía, pero en aquellos tiempos las islas eran continentes y los continentes islas, los ríos mares y los mares lagos y hasta andaba un loco por ahí diciendo que la tierra era redonda mientras pisaba sin darse cuenta el medio del mundo pensando como todo el mundo que nuestro mundo es más grande de lo que es en realidad por lo que, claro, si el mundo fuera lo que es nosotros seríamos lo que somos, y en ella, mi isla, por primera vez encontré los pasos de los otros, los míos y los otros.

Y los otros eran dos pero solamente pude tomar contacto con uno, el mío, y no con el otro. Lo atraje regalándole un espejo el que dejé bajo el pétalo de una de esas flores que no se dan en aquellas heladas tierras, y el otro al mirarla se enamoró, es decir le pasó lo mismo que nos pasa a todos los grandes hombres que algún día tenemos, nos dan, la posibilidad de contemplarnos, caemos rendidos en los brazos de nuestra imagen. Al otro lo atraparon los otros, aquellos que se quedaron en el barco, y lo encadenaron y lo interrogaron y un día le regalaron un espejo pero el otro no se enamoró de sí mismo, no por lo que no fuera un gran hombre ya que medía al menos tres veces la talla del más grande entre nosotros, nuestro jefe, el que en realidad medía un tercio de los otros pero al que nadie se atrevía decirle la verdad salvo el porquería del porquerizo y que en el fondo medía como se veía o lo que quería y a nadie debe importarle ese detalle, sino por lo que vio los grillos y murió de tristeza mirando hacia donde estaba el otro, el mío, el otro que corría libremente junto a mí camino a la estación central para contemplarse en la esfera del reloj, ver sus grillos y con tristeza mirar hacia el otro, el primero que encadenado lo miró de tristes ojos.

La hoja del calendario marcaba el once del mes de los cuatro suspiros y un pensamiento enredado en la violeta del año de los tres conejos, o primer viento, o uno bambú dependiendo del calendario por el que se corriera, exactamente tres meses antes y cuatro meses después de que me sucediera lo que me sucedió.

—Nos, compadre, nos, a usted, a mí, al que nos persigue, al que nos está agarrando.

Me desmontaron de mi cabalgadura y el caballo quedó huérfano errando por los caminos, mordisqueando dihueñes, confundiendo lazos con lianas, enviando sus músculos desgarrados uno tras otro tras el caballero de gentil yelmo y frágil coraza, gentil jinete que un día comprendió, y comprendió su error al no desmontarse cual se lo indicara el manual, gentil montura que se desgarró por equivocarse de jinete el día en que el suyo cabalgó sobre los aires, que lo buscó y buscó por las praderas hasta el día en que su espalda se sintió inútil por lo que su búsqueda, como toda búsqueda se secó, y se quedó inmóvil mordiendo de fija sonrisa los cardos secos que comenzaban a invadir el solitario predio al borde del río. Al otro en cambio, aquel al que dios, de existir, hubiera dejado sin cabalgadura para cabalgar él mismo hacia Granada, fijo en sus pesadillas, vacía su mano de espada y su mente de ambición, a ese que subió la cordillera tras de mí, a ese lo desmontaron del cerdo y lo subieron en real silla y le rindieron pleitesía a él y a su descendiente, un hijo de puta, de una que no le indicó el camino, y gracias a este gesto a mí me permitieron seguir bajando hacia la vida, es decir hacia mi muerte.

Nuevo paso que me alejó aún más de la piedra de los sacrificios acercándome a mi sacrificio, pero así estaba escrito, así lo contó en alta voz la tierra, así lo lloró públicamente la nube paseando sobre el lago, así lo susurró el boldo al altivo árbol que al escucharlo inclinó sus ramas y lloró, lloró por mí, por los que vendrán, y hoy la llorona llora por ti amigo mío, así me lo dijo en el lecho de su muerte tu padre a quien nunca conociste y claro cuando todo el mundo lo dice, y como uno es medio pelotudo no le queda otra cosa que dar el paso no sin antes exclamar: —¡Dios te maldiga, valiente capitán!—, por lo que uno también tiene su honor.

Igualmente lo tenía ella, la otra, la única entre ellas que llegó a ser gobernadora, ella, la única, por lo que tuvo la suerte de que su marido murió traspasado por las fiebres en los pantanos hediondos y dorados del suspiro que une las grandes tierras, atravesado su cuerpo por las agujas mortales de los mosquitos que riendo, silbando, fueron cambiando su sangre por ardiente fango, y el cuerpo ardiente que se estremecía de frío y que la veía a ella y la llamaba y se moría de rabia pensando en su desgracia que la costumbre se cumpliría y antes de que sus huesos terminaran de hundirse en las aguas podridas llegarían los caballeros a consolarla y ella se consolaría según la costumbre llorando a gritos en recuerdo de su marido, gritando de tristeza, gritando su dolor, gritando cada vez que aparecía ante sus ojos el consolador, acompañada de las damas de los desaparecidos en anterior historia, seis, uno por ciudad, sin contarla a ella, la primera, ganando apoyo, maniobrándolos hábilmente para ser la primera, la única, la gobernadora consolada que para su desgracia imitando a su esposo al recibir el título gritó: —¡Dios te maldiga...!—, y él terminó de hundirse por lo que no es posible en este mundo que un marido con tal rabia pueda flotar en el pantano.

La tierra se escandalizó ante el grito, la montaña se estremeció en su vientre, y tal cual el río se arroja al vacío cantando en los bosques del sur del Sur, arrojó su contenido ardiente: las enormes piedras que las aguas llevarían hasta la cantera, las cenizas de plata que ocultarían al sol, y bajó arrasando primero la aldea de los míos, los más pobres, aquellos que sirven de barrera frente a los elementos, frente a los cascos plateados de las gigantes llamas que sirven de cabalgadura a los dioses, de barrera para que las aguas y la historia mantengan su curso entre Cajón y Curarrehue, ellos, los primeros, ella, la gobernadora de los tres

122

días y tres mil consuelos, ella que se encontraba abriendo de frágiles dedos sus labios para permitir su paso pensando el primer decreto de amor cuando murió aplastada por el peso de su dolor prendiendo a su sexo el pedazo de pergamino en que por primera vez aparecía una de ellas, las otras, borrándolas nuevamente de la historia.

Sí, definitivamente cada grito es diferente, aquel ferido por Melibea al ver el cadáver de su amante, el de Hernán al caer sobre el muro y ver su imagen, el tuyo Sempronio al abandonar tu tierra, el de la única al sentir partir el mástil del navegante solitario, el de mi madre al ser fecundada por el capitán de la mano vacía, el del caballo riendo en voz alta frente a las olas, el mío al sentir la espada en mi espalda, y sin embargo, todos tienen algo en común y es que ninguno iguala al grito del escarabajo de la luna cuando se tira a la madre de la culebra bajo el amable boldo mientras la tierra los mece y los arrulla el canto de mi río.

¿Recuerdas el grito de la sandía madura cuando uno le entierra la punta de la espada y llena de amor se va rajando solita para ofrecer su carne roja? Bueno, el grito no es el mismo pero el estremecimiento de placer que lo acompaña se le asemeja.

Todos salvo el grito que en las noches recorría la colina, que se mojaba de seco orgasmo en el riachuelo, que se despeñaba cerro abajo por el basural de los deseos deseados y no realizados, que se escondía en el fondo de las cazuelas de greda ardientes y solitarias de la isla de las mujeres, isla temida y deseada cual terra nova por todo navegante, grito de amor y deseo buscado más allá de la vida en los caminos de la muerte por los hombres.

Contaban en secreto los abuelos, contaban en un susurro los hombres de hablar de fina voz que en la antigüedad, antes de que la tierra abriera sus venas a la primera semilla, la de las lágrimas secas recorriendo sus mejillas, existía una hembra que devoraba el sexo del macho que la poseía en lunes de luna llena.

Insolente mujerzuela a la que los varones de su pueblo condenaron a muerte y dejaron secando al sol sobre un peñón solitario en solitaria isla, húmeda bahía, para escarmiento de otras hembras devoradoras. Secáronse al sol sus fuentes, cayó más tarde la fragancia de sus manos, de sus piernas, resistiendo durante siglos la piel dorada y suave que cubría su vientre escondiendo el secreto de su raza hasta que otra noche de luna llena, un martes, en el momento en que una india abría sus piernas por primera vez a miembro de hombre, un grito desgarró el silencio de la noche y corriendo por el campo se vio al desgarrador regando el fruto, las dos manos ensangrentadas agarrando la fuente de la eterna juventud, el manantial de sangre que brotaba a borbotones donde antes existió su miembro, altiva picana que la doncella devoró de un mordisco haciendo caer la piel de porcelana y miel del vientre de su madre y dejando al descubierto el olor y su secreto: una pelvis tallada en forma de una sonriente cabeza de coyote, la cuarta cabeza colgando de sus labios.

Ella fue la primera de las habitantes de la isla de las mujeres donde jamás varón pasó la noche y aquel que lo hizo solamente sirvió para aquello que los dioses lo destinaron, navegar de vacía mano, navegar de cabeza llena de sueños y traerme al mundo mientras la isla desaparecía en las aguas de plata del invisible lago.

—Yo en cambio conocí una que dejaba su trasero grabado sobre la Virgen del Perpetuo Socorro en un vagón de tercera y como le decía, a mi padre lo conocí de foto.

Con cautela, por lo que me había sucedido, bajé a tierra. Con solemnidad, por lo que la tenía al alcance de mi mano, levanté mi vista. Con grandeza, por joder al porquerizo, alcé mi espada al aire y de majestuoso gesto la enterré en la tierra esperando plantar semilla, sembrar sueño, dejar flor con nombre y en ese momento sentí como que se me resistió, como que la punta se deslizaba fuera del camino, y de mirada de horizonte sin fin continué con fuerza y rabia hasta que logré, no clavar la tierra, no, clavar una rizada calavera que riendo me contemplaba mientras ella nuevamente se me escapaba.

Yo en cambio la dejé flotando al viento, cortando las olas permití al viento que me acariciara a través de mis vestimentas, que entrara por el puño para ir a acariciar el corazón, por la pierna izquierda para ir a acariciar el estandarte, por mi ojo vacío para ir a acariciar tu espalda y hacer que los árboles se inclinaran cerrándote el camino, el litre escondiendo al boldo, y que las olas se levantaran haciendo naufragar tu frágil barca, y negro el cielo, negros tus presentimientos, negro tu acompañante te arrojara sobre desconocidas costas borrando de tus ojos la cantera y el camino al lago de plata y a la primera, aquella que el viento me escondió.

El viejo general sujetaba a su larga y raída capa las estrellas prisioneras que adornaban sus hombros para que el viento no se las llevara a conversar con aquellos que llenarían los agujeros

127

dejados por el tiempo, y estratega del silencio, estratega de la muerte, yelmo de plomo, mano vacía de amor, mano de odio, mano que viera en su lecho de muerte un día uno serpiente del segundo mes en un año tres casas, es decir al atardecer de un 13 de agosto de ese año de gracia, el primero que poseía el secreto se dio cuenta de su regreso. Al mirar por la ventanilla del tren me di cuenta de que a esa hora estaba lloviendo y que una nueva página del libro de los sueños desaparecía para siempre en el camino de Agua Santa llevada sobre sus espaldas por trece conejos.

Y yo comencé mi camino para engendrarme, y yo el mío por ser testigo de lo que fui testigo, y el otro se preparaba para seguirnos mientras yo bajaba un nuevo escalón para ir a reclinar mi frente en la tierra, mi boca en el pensamiento y escuchar, susurrarle, la historia.

Tres siglos más tarde, la tierra salía de su sueño para recorrer los caminos conversando con sus hijos, interrogando los primeros a los árboles sagrados ocultos en el bosque, levantando las aguas del lecho de plata del lago sagrado, gritando la profecía en los oídos sordos de los dihueñes que desgarraban su carne blanca enamorando entre dos torrentes de agua las doradas avellanas.

Las copas de los árboles se separaron durante un año para permitirme observar un círculo verde, un círculo rojo que aparecieron en el cielo y de los cuales surgían dos caminos, uno de oro, otro de tierra, ahogándose ambos al borde de las grandes aguas al pie del primer puente.

Y los navíos pasaban de un lado a otro, del mar al lago, del lago al río, del río al mar, combatiendo en la frontera, desapareciendo tras sus huellas, reapareciendo en una nube, bajando en un rayo a quemar el templo sagrado sin que se escuchara un ruido de tormenta, un estornudo de los dioses, sin que cayera una lágrima de las vírgenes sacrificadas en su honor, una gota de sangre de las arrojadas hacia los cuatro puntos cardinales del universo por mis orejas y mis labios y ese día, de la piedra quedaron solo cenizas, del altar, un corazón de jade, de tu cuerpo de jaguar y águila y tu miembro de serpiente, una pluma, una pluma de aquel que jugara conmigo en mi infancia y que hoy, desconocido para mí, regresaba a poblar mis sueños y a hacerme cosquillas en mis frágiles piernas cada vez que me tocaba patear un penal.

Y ese día, de mis naves no quedó nada. La madera se convirtió en cenizas sin olor conocido y sin embargo más fragante, las velas se desgarraron al viento llevadas por las nubes, los senos dejaron de amamantar el sueño de los pequeños botes mientras sonriendo todavía de carne pese a su delgadez, por primera vez pisó la arena, sus cuatro cascos desnudos. Y yo, con disimulo, salpicaba su primera bosta en dirección del porquerizo salpicándome yo al mismo tiempo tal como estaba escrito en la piel.

Salvo que esa piel es mía y si bien es cierto no conocí a mi padre no es menos cierto que tú no conociste al tuyo, que si bien es cierto un día te insubordinaste y me vi en la obligación de abandonarte en la bahía y cuando volví a encontrarte llevabas grabado en la piel el camino no es menos cierto que yo salí el primero de la abadía y antes que yo mi membrana que Moctezuma recogió en sus manos y con la que te vistió para ofrecerte en sacrificio, que si bien es cierto te reías no es menos cierto que hoy a ambos se nos borró la sonrisa y cuando a mi me falta tú no sueñas y cuando yo tengo, eres tú quien desaparece entre las sábanas sucias de un viejo hospital abandonado por aquellos que jamás nos saludaron, los tuyos, enterrado de caridad lo que hace que el cuerpo aún sienta más frío, como aquel que sentimos nosotros cuando ellas, la única, nos arroja al pasar un olor de limosna o una sonrisa sin destinatario. Como aquel frío de rabia que sentimos cuando vemos que se nos está apropiando de la historia al igual que los otros se apropiaron de la suya y que lo único que quiere es vengarse y que ni siquiera me invitará a sentarme el día en que el señor pueda pagarse su propio café sin sacarse la camisa. ¡Ah!, ¿vio? Sin sacarse la camisa para que no se le vea la espalda que le quedó grabada por la espada, borrando, sacando, saca chaca, el mapa grabado en su piel, el único, el que indicaba la ruta hacia el camino, hacia el comienzo del camino, hacia el cruce que saliendo del ramal perdido sube hacia el lago de plata, hacia las aguas donde flota sueño sobre sueño Cíbola, la primera.

Y mi madre no me lo dijo, y mi madre olvidó frotarme la espalda con orín del pájaro del olvido aquella mañana en que con cariño frotó mi cuerpo para protegerlo de la vida por lo que en ese momento miraba, sus ojos llenos de espera, el río por el cual partía nuevamente mi padre la mano vacía, los ojos llenos de horizonte, esta vez sonriendo sin saber que sonreía de sonrisa por lo que por primera vez la alcanzó y el caballo que le sonreía desde la orilla era su propio caballo perdido en las llanuras el día en que cabalgó sobre el viento, frágil cabalgadura que viaja por la historia, frágil mujer que espera ser penetrada.

Así fue como juntos, entrelazadas nuestras manos subimos las gradas hasta llegar al cuarto escalón donde, contemplando el cielo, bailamos de melodías salidas de los huesos agujereados, bailamos al ritmo de los corazones que alegres continuaban bailando sobre la piedra, vestimos el nuestro de plumas invocando al viento para que lo elevara del cuarto al primero, que se encontraba descansando en el cruce apoyada su espalda en un boldo mientras el otro vestía su cabeza de yelmo de metal.

Y en la cuarta estrella, la que rasgó el firmamento, la que anunció con su paso por el paso su llegada, se cruzaron nuevamente los puñales.

Uno de ellos, afilado miembro mojado por las gotas de las olas y del deseo paseaba libre de mano en busca del camino indicado por mi espalda cortando plumas, cortando sueños, cortando las melodías que llamaban de amor a la tierra y sus secretos, cortando sin cortar el fruto cuando se enterraba en nuestros cuerpos.

Otro viajaba al fondo de mi ojo vacío para protegerla a ella, la única, ella a quien amé en el silencio doloroso roto por sus gritos de gozo al recibirlo, uno que viajaba escondido para impedir que el yelmo de acero la descubriera, aquél que ensangrentado me clavara en la pesadilla por haber sido testigo de lo que vi.

Uno, el del sacrificio, que revoloteando entre los aromas separaba las avellanas de los dihueñes para abrir el camino, uno, destinado a destruirme de afilado filo el día en que el viento se desate y una el polvo sobre el que navego a las nubes que pueblan mi cabeza en las que naufrago. Y los tres revolvimos al mismo tiempo nuestro café solamente que el cuchillo era distinto. Y sin embargo en algo se asemejaban.

—¿...?

—Ustedes perdonen, a ninguno le traje azúcar.

Esa navidad, y de los trece conejos iban quedando cuatro, el niño preguntó a su madre dónde se encontraba el padre ausente.

A lo lejos, más allá de la mirada, sorprendidos, los restos continuaban pensando, moviéndose, contestando desde más allá de la muerte en el vientre de aquel que mordisqueaba de hambre eterna el inútil letrero que indicaba el nombre del fuerte, el nombre del ramal perdido, y más importante que el azúcar fue la sal, pero quién podía saberlo en aquella lejana época en que viajábamos sembrando de nombre la tierra, las aguas, nuestros sueños y los estómagos.

Sembrando sembradores de fruto seco cada vez que apartábamos la mirada de los boldos para horadar la tierra buscando sorprender al sol en brazos de la luna, sembradores de desesperanzas cada vez que penetrábamos en una pirámide a la hora de los sacrificios para hundir el puñal, sembradores de envidias cada vez que nos agachábamos mirando de reojo las espaldas en el monasterio a la hora del ángelus buscando la mía, sembradores de ilusiones cuando el primero que fuera abandonado, aquel que nos fuera arrebatado por la tormenta al comienzo del camino grabó en su espalda el mapa antes de perforar sus orejas y sus labios sellando su destino y el de la lengua al perpetuar el secreto.

El primero que se comió a uno de los nuestros reconoció el sabor al mismo tiempo que uno de los nuestros reconoció la lengua que comenzaba a devorarlo, sin aromas, sin especias, apenas adobado con una hoja del más sagrado, la ramita de perejil intacta en el jardín, por lo que si bien es cierto era buen comedor cierto es también que pese a sus tatuajes no era de los nuestros y por ello, yelmo de hierro, yelmo de acero acero en mano, Felipillo se paseaba por el fuerte preguntándose cuándo vendrían y fue así como distinguió a lo lejos una bandera que ondeando se acercaba.

Sobre ella se distinguía una ciudad de oro bañada por las aguas, en ella estaba plantada una palmera con tres cocos, sobre ella sonreía un cerdo y cayendo de sus fronteras llegaba hasta sus narices el olor del boldo, de la tierra húmeda, del fruto del amor y el olor penetrante que anuncia la llegada de la vieja eterna que reía de dorados dientes, la quinta cabeza colgando del mástil, y su estómago retorciéndose de gozo a cada paso.

—Pa' mí que caímos en una trampa —se dijo el avisado Felipillo—, y así lo comunicó en acerado y acertado lenguaje militar a su compadre y superior: —pa' mí que estamos con la mierda hasta el cogote, cumpa, y esto me pasa por aceptarle sus pelotudeces.

Y abierto su ojo a la realidad, de inmediato se puso a complotar. Llamó primero al piloto y le susurró al oído que él también había recogido un palo que una noche de la larga noche subió por la acequia, que olía diferente, que los signos eran distintos, pero que de ser pintados por los dioses deberían parecerse a los suyos por lo que todo dios es hermano de otro dios, aunque yo conozco unos hermanos que son peores que los dioses y unos dioses ídem, que de ser ellos los que subían, por qué querrían destruir el último durmiente que colgaba en los oxidados alambres de púas, que de ser amigos, por qué no respetaban el yelmo pintado en la leyenda y me lanzaban piedras abollando el pensamiento. Pa' mí que nos cercaron sin que nos diéramos cuenta, que el primero nos olvidó en los palacios, en el fondo de los platos llenos de codornices, en las copas de licor, en los lechos del palacio de oro que se encuentra en la primera, piedra sobre piedra, piedra sobre sangre, Cíbola yo te maldigo y que aquel que se apodere de mi parte del tesoro desaparezca entre las aguas arrastrado por las piedras, la última, la tuya y la primera, la de mi sacrificio.

—Agarre los perros, compadre, que le toca salir de ronda.

Y como de costumbre acepté, y así, en medio de mis sueños y mis miedos, me tocaba ir más seguido que a los otros formando parte de la odiada comisión a controlar los bares, pasar revista a las putas, revista de revisar, de hacerles abrir con la punta de mi espada la que usted sabe, de oler que no huela más feo de los límites permitidos por la decencia y los amores, que tuvieran la libreta de sanidad al día, y a la vez pasar revista de buscar en secreto a mi madre, cobrarle comisión al maricón del piano, cachar el aguardiente escondido en largas tripas de gato y hacerse el bobo pa' parecer simpático, y ni siquiera la puta vieja de la cabrona me lo prestaba por lo que yo nací fuera de la historia, entiéndame, la historia, no la que le contaron, la mía, pa' mí que el viejo general me encerró en mi fuerte y mis temores y me olvidó el mismo día en que lo agarró a usted en el puerto de Los Boldos y me condenó a ser sitiador sitiado y mi victoria de triunfo no tenía nada y mi miedo se agrandó y al salir nadie me saludaba y como que se reían de mí, no de risa, por que hasta eso lo hubiera aceptado, no, se reían como de desprecio, de miedo mezclado con desprecio, de miedo por lo que mi miedo generaba miedo, y yo que no conocí amor o amistad al alargar mi mano vacía producía rechazo y me daba rabia y llenaba mi mano de cogotes y los apretaba con más rabia por lo que hasta chillaban con desprecio, y yo, preguntaba por preguntar por el camino pese a que sabía que la respuesta sería siempre la misma, una mirada señalándome el último de los maderos pudriéndose en el muro de mi frente, siempre la misma pese a que intenté lavar mi culpa y perforé mis orejas y mi lengua. Pero estaba escrito en las marcas que cruzan mi piel que era mi mano vacía la que apretaba mi cogote y que el yelmo que encerraba mi cabeza no era el de los escritos y que el último madero terminaría de podrirse abriendo el paso.

—¿Ve este ojo vacío?

—Sí, en eso nos reconocemos los primeros, los que dejamos la piel en las espinas voladoras, los que dejamos nuestro ojo en la tormenta, nosotros, de quienes nadie quiere hablar aunque sea de un hablar tartajeado por lo que jamás la dominamos. Nosotros, que lo perdimos de tanto mirar el horizonte para agrandarlo, de observar, ojo avizor, la indiscreta nubecilla y el mástil al mismo tiempo.

Al mismo tiempo dependiendo del calendario, dependiendo de si se viaje en los conejos o los suspiros, de si ese día entramos en el tercero de la larga noche o en la duda, pero ya que se acerca la hora de los secretos, la noche en que la lengua se desata, le diré que el mío no lo perdí en esa batalla, lo perdí en otra, más terrible aún por lo que estaba escrita el día en que de mano firme mi padre tiró el cordelito que colgaba de la puerta.

—La puerta, ¿recuerda?, la de la número 36. No, no sobre la puerta. ¿Que ya no se acuerda? En la población ¡si ni las calles tienen nombre qué van a tener número las puertas! No, el 36, abajo, en la página.

36 que de a seis en fondo asaltaron mi camino galopando en el pensamiento cual si galoparan hacia Granada, hacia la gloria, y yo, el capitán, el almirante de los sueños, el que bajó de lo alto, galopando por lo que sabía que llegaría tarde, quizás, quizás por lo que el yelmo me pesaba, quizás por lo que mi cabalgadura lo sabía.

Mis cabellos en cambio flotaban al viento, se mojaban con la luz de la luna mientras mi barba acariciaba su sexo, se confundían nuestros perfumes en la búsqueda y explotábamos ambos en la cima de una ola partiendo enseguida ella a los palacios y yo camino al sur. Al norte, al norte o quizás al sur, dependiendo de en qué puerto se esté embarcando, dependiendo de si se está embarcando o lo embarcaron como a mí, si es el olor de la piedra o el olor de la madera el que atormenta sus recuerdos, si su mirada acaricia la indiscreta nubecilla desde la primera o la cuarta grada. Y con más miedo que rabia cerré la puerta y retrocedí sobre mis pasos remontando la historia hasta el fuerte y fue por rabietas que no me di cuenta que la puerta no tenía timbre y un cordelito colgaba entre cuatro tablas.

Yo tampoco me di cuenta aquel día que corría de ágiles piernas tras el cóndor y por ello perdí el camino y por primera vez mostré mi espalda a la espada del general y mi frente adolorida se agachó para preguntarle a la tierra el porqué. Y desde una esquina del hall de la estación central la vieja eterna reía, fija su sonrisa en el fruto de la tierra grabado en láminas de oro, inservible fruto contra el cual se quebraban de marfil los hombres venidos sobre el mar, naciendo de los trocitos regados por la tierra el retrato de la luna que adobaría sus cuerpos, los que ellos no descubrieron cegados por la ambición, maldiciendo a nuestros enemigos como nosotros maldecimos a aquel que nos negó su amor robándonos a la vez el amor de ellas, la única.

Derrochadores, más que asesinos, derrochadores, en vez de servir los cuerpos luego del sacrificio, cual salvajes los quemaron quitándoles la única posibilidad de ser útiles en la vida, condenándolos a errar por la eternidad gimiendo en la leyenda, llorando fuera de sus bosques, de la sierra madre, del hall de la estación central, —¡Dios te maldiga, valiente capitán! —repetía la vieja.

Y uno como que se sentía bien, como perteneciendo al hall por donde pasó, pasa, pasará usted sin saludarnos galopando hacia Granada.

La mano vacía, por lo que la espada se levantó en mi mano apuntando hacia la cantera madre, hacia el río padre, ignorado e impotente en su rugir, por cuanto mis piedras habían venido nadando del vientre de la tierra, habían surgido de los labios ardientes del volcán para intentar detener el filo de la espada y de áspero abrazo proteger mi piel, la mano vacía soltaba amarras para, navegando, llegar a arrancar mi piel, para navegando de seis en fondo, intentar destruir los canales de la primera, de la mía, intentar cortar mis sueños, e ilustre estratega, cortar de un golpe los pies al primero de los danzantes, las manos a mi hermano que luchaba con el vientre de nuestra madre el tambor, cortar las lianas que mantenían en el aire las cabezas de sus compañeros, sus ojos abiertos de sorpresa viendo sus cuerpos subir a la primera, cortar sin darse cuenta de que por primera vez sonreían, cortar de espada que cortaba el aire, la melodía de la tierra y su propio ombligo, el camino del regreso.

Pero como de costumbre, los planes eran planes que no tomaban la vida en cuenta, que debido a la sangre no permitían ver que la espada no apuntaba al norte, no apuntaba al sur del Sur, no apuntaba a los límites desconocidos de la selva, apuntaba a su espalda y mi cogote, a las hijas del sol que me acompañarían, nos, por lo que así lo gritó la tierra saltando de ola en ola mientras el lago intentaba por primera vez arrancar, llorar, envolver en sus aguas, protegiéndola, a la primera mientras una mano temblorosa de deseo acercaba la taza de café a sus labios y pese a todo no me di cuenta y corriendo salté sobre el dihueñe por lo que el plan estaba escrito en la mente del jinete y no tomaba en cuenta mis sentimientos.

Nosotros, yo, embarcamos el grito del cielo y de la tierra, tensamos a muerte el pensamiento, engrasamos la funda con el ardiente esperma para que la herramienta saliera presta para perpetuarnos al enfrentarnos a la muerte, lloramos el deseo paseando entre las piernas, lloramos de alegría, de rabia, de celos, de amor no poseído en el gemido, los más creyentes frotaron su mano vacía contra el dulce trasero de la Virgen del Socorro y yo, el devoto, la froté contra La del Pozo, ambos para la buena suerte, aunque lo que nos había de suceder ya estaba escrito y nadie se dio cuenta por lo que ni ellos ni yo y menos aún el porquería del porquerizo sabíamos leer.

Y fue en este momento, el menos propicio de la historia, que llegó el ojo lleno y traicionero de Pánfilo Narváez para que mi espada lo vaciara y pudiera galopar de naufragio en el fondo de la cuenca mientras el hijo del sol, su padre grabado en la figura subía las cuatro gradas para, sangriento remolino, cortar el baile y la sonrisa de los dioses y yo regresaba a ella para expulsar a aquel que quiso poseerla a lo improvisto.

Fue en este momento de descuido en que la Lengua, desafiando la tormenta, atravesó el estrecho que comunica entre sí los calendarios, en que un conejo riendo se comió otro pedazo del pergamino al ver pasar los novecientos y el rostro grabado de resplandeciente y traidora sonrisa me rogaba subir las gradas y el lago de plata les permitió embarcar rumbo a las callejuelas que fuera de los muros daban vida perfumando los muros de la primera que temblorosa esperaba su llegada, estrechas callejuelas de blancos y ardientes muros que se perdían en sus propios recovecos, de pequeñas ventanas que filtraban los amores, de floridos balcones en los cuales los pétalos de colores bañaban las piernas de las doncellas perfumando su sexo del aroma del deseo, del primer aroma que pobló mis sueños y se perdió en las varas de cedro y de laurel que se funden en los muros que pueblan las estrechas callejuelas de mi viejo puerto.

Como cada vez que presentía se enfrentaría a ella, el gentil caballero comenzó a adelgazar antes de cada batalla y fue engordando su miedo de acuerdo al ritmo de la sangre derramada y añadiendo nombres a su nombre, y al fin comprendió por qué al pronunciar el de uno de sus compañeros desaparecidos se movía sonriente el estómago de un cuerpo desmembrado.

Fue así como observados por Pedro, con quien observáramos la luna por el ojo de Juan que juntos cerráramos al amor señalados por la mano de Diego que una noche parara el rayo para salvar mi vida, acumulamos rabia por no ser nosotros quienes terminaríamos con el tormento y tendríamos que continuar la búsqueda. Así que, dejando la vaina vacía de por Santiago y La del Pozo, partimos al rescate de los nuestros, los nuestros, vestidos de manto púrpura, de máscara de oro, sus cabellos coronados de rubíes, sus ojos vacíos brillando lágrimas de sal antes de quedar solos en la inmensidad desconocida.

—¡Por Santiago y La del Pozo, rescatemos a esos hijos de puta que nos abandonan!

—Y fue a nosotros a quienes los dioses abandonaron, quizás por lo que dudamos, pero a decir verdad eran tiempos de duda y yo, no sé si usted, pero a decir verdad yo prefiero vivir en tiempos de duda a vivir inmóvil en tiempos de certeza.

—¿Cómo?

—Sí, lo sé, son tiempos de gran movimiento y en todo caso si el movimiento no es grande a lo menos lo es largo, si no, hay que ver dónde llegamos, iñor.

—Sí, lo sé, el café no vale un agüita de boldo.

—¿Pelotudo? ¡Tu abuela!

—Y claro, así quién no sube.

—Ustedes, por lo que nosotros logramos romper el cerco y llegar a ellos antes de que desaparecieran de la historia y subimos los primeros escalones pateando corazones, arrojando al vacío las cabezas y en un momento de descanso miramos victoria en manos victoriosos a nuestro alrededor y ahí estaban, el cerco jamás lo rompimos y más bien nos dejaron pasar para cercarnos nuevamente y por sobre nuestras naves se veía el agua y nuestra lengua se secaba al sol. Hijo de puta que cuando te agarre te daré tal patada en el rabo que saltarás por sobre el tiempo y las grandes aguas para caer en brazos del porquería del porquerizo, tú, que me desobedeciste, tú, don Pedro, que traicionaste mi confianza y su confianza y por tu culpa, nuevamente cercados, tenemos que cavar en los recuerdos para tomar un sorbo de agua nauseabunda, lamer, la lengua hinchada, el filo de la espada para sentir las paredes del monasterio, mirar de ojo vacío para encontrar el cruce, mirar de ojo lleno las cabezas clavadas al aire de nuestros compañeros, las cincuenta y tres que soñaron con ella, mirarlas secarse al sol y envidiarlas mientras las cabezas secas de sus cabalgaduras se reían de nuestra suerte.

Fue la risa de los caballos la que me decidió a dar la orden de abandonar las gradas, y como para reconciliarse, el primero en hacerlo fue don Pedro quien de un salto grandioso, en el momento en que el sol dejaba ver los canales rojos de reflejo, salados de recuerdos, las aguas contenidas por los cuerpos desmembrados, los pantanos mirando de nuevos y frescos ojos regados en el barro, ante los ojos asombrados de la historia, saltó una grada.

El tiempo se detuvo asombrado para preguntarle a la nubecilla si había visto de mirada o de deseo, mi espalda se recogió maravillada, mi mano vacía sintió su paso, ellos, de adoración, agacharon la cabeza y pusiéronse a comer hierba y a arrojar tierra sobre sus cabezas repitiendo: ¡oh! dioses soberanos y poderosos que habitáis las nueve bóvedas celestes, ¡oh! dioses que llegáis a la primera, aquella que habita el más poderoso entre los poderosos por lo que jamás está solo, ¡oh tú!, pálida esposa de la muerte y ustedes mis estrellas que ocultan ante los ojos de nuestros enemigos el cruce que conduce al ramal del tiempo perdido, ¡oh ustedes!, vientos que recorréis la noche y el día llevando el pensamiento, ayúdennos a sortear los peligros que nos acechan. Así repetían, y yo de rabia agaché la mía y púseme a comer pasto y a arrojar mis cabellos al viento por lo que sentí que nuevamente se me escapaba.

—¿Y estaba bueno?

Era un martes y nos encontrábamos en medio de los cinco días que se oscurecieron aún más por lo que ellos cruzaron el aire de plumajes que abollaron nuestros yelmos, el lago de puentes imaginarios que borraron el camino a nuestras cabalgaduras, nuestros oídos con la melodía salida de los huesos de los nuestros y que nos penetraba helando nuestra sangre, melodía acompañada por el sonido producido por las manos cortadas del tamborilero, resonando sus dedos en los senos de la mujer amada, dulce sonido que arrancaba lágrimas de nuestro ojo.

Y ambos nos decidimos, él envió a grabar su imagen en la piedra, yo la mía en la piel de su espalda, luego rompimos el cerco ¡Por Santiago y La del Pozo! ¡Por Tezcatlipuca y La del Socorro! Y ahí fue que comenzaron a robarme la historia.

Tres horas permanecí mi cabeza tocando el piso del monasterio horrorizado por la visión que invadía mis recuerdos, tres horas llorando y mis naves navegando por mis mejillas, una noche permaneció mi cabalgadura velando su sonrisa mientras el pasto seco invadía su esqueleto.

Cuatro veces perforé mis labios y mis orejas arrojando mi sangre hacia el vacío, hacia la inmensidad de las aguas, hacia el vientre de la tierra, y con la última gota, mojé la punta de la flecha destinada a tu ojo mientras los fantasmas regresaban bailando por el camino montados en el último vagón, navegando suavemente, deslizándose sobre las olas del lago, sobre las calles conocidas. Hasta en las historias que se susurran entrechocándose en los balcones llegaron en seis barcas a oponerse a mis naves y mi huida.

Los remos hechos del más sagrado penetraban dulcemente las aguas cortando el camino de plata de los peces, acariciaban las algas que sostenían la piedra jade, jugueteaban con los maderos que contenían la leyenda y borraban de bondad, marcaban de maldad otro camino diferente al mío en su espalda, escondían de estrategia las insignias, y así nadie se dio cuenta de que de cada una de las seis bajaron, de la primera un jaguar, de la segunda un águila, de la tercera un coyote, de la cuarta el escarabajo de la luna, de la quinta la madre de la culebra, de la sexta la Lengua y de todas y cada una, yo, para enfrentarme a mi destino.

Y cuando nuestros enemigos vieron esto salieron huyendo, no de huida, sino de ataque, y por más que ella se lo preguntara la respuesta seguía siendo la misma, nada podía evitar el enfrentamiento por lo que viajábamos por la noche en distintos calendarios y el maíz se doraba feliz suspendido en la sonrisa de la vieja eterna que sentada en la última grada nos observaba, a uno, el hijo de una en su sueño, al otro, el hijo de cinco soñando mi pesadilla.

Primero, cruzaron el río las mujeres susurrando, escondido el camino en sus tejidos, cargando su pasado en sus cabezas, soñando su sexo con el soñador, cerrado su sexo a los dioses del amor, abiertas sus piernas a la pasión listas para acariciar el plano; les seguían, cargados en sus hombros, los niños que esperaban a mi padre, el engendrador; tras ellas el valiente guerrero del que solamente se vio la punta de la lanza cuando su cabeza desapareció bajo las aguas; en la orilla quedé yo, que abollé con rabia mis sueños y mi yelmo sabiendo que desaparecería antes de la mitad del río y el porquería se reiría subiendo de a seis en fondo, yo, maldiciendo a la que me trajo al mundo, maldiciendo mi suerte y a ella que surgía hermosa y fresca en la otra orilla desapareciendo en el camino corriendo sus pies desnudos acariciados por los dihueñes.

145

Y él la maldijo y yo la amé por lo que el dihueñe que la acarició era mío, y él de pura rabia la atravesaría con la punta de su espada y él entrando y yo saliendo y más tarde yo entrando y él saliendo nos hundiríamos con nuestros sueños en el río un día uno serpiente.

—¡Qué casualidad!, fíjese usted, ese día yo tiré el cordelito.

Al entrar en un cuerpo vacío, el nuevo habitante debe detenerse un minuto para calmar los espíritus y permitir a los suyos que lo habiten en paz, pero son muy pocos los que conocen el secreto y logran habitarlo, dije en alta y grave voz al sentir el desconocido y temido aliento por primera vez en mi camino.

Cuán arriesgado es perderse en la tormenta hasta alcanzarla, cuánto amor se derrama para descubrir, cubriendo con la muerte el secreto, cuántas gradas separan la vida del copihue, tu calendario del mío en la primera o en la última, la de mi sacrificio, la espada de la piel donde el más sagrado grabó el comienzo rodeado de suspiros, de caricias, de la flor conversando con la madre de la culebra antes de que partiera tras mi padre el escarabajo de la luna y qué pocos éramos los elegidos, y sin embargo, y cuán cerca estaban ellos de descubrirnos los domingos en que no resonaba el pito en mis oídos y más allá de los techos de acero conversábamos con las estrellas y con el cóndor que observaba el partido mientras, pies desnudos, huérfano de tierras y de amor, rechazado por su madre, abandonado por su padre, el porquerizo hundía sus dedos en el fango, avanzaba, respiraba los gases de la tierra y se prometía llegar más allá que el enano, más abajo que el fango que cubría mis huesos, más arriba que la nieve que cubría mi mirada, 999 flores y tres pensamientos más allá, hasta el puerto de Los Boldos y agarrarme en el tiempo por olvidar ¡oh colmo de mis desgracias! que aquel que entra a ocupar un cuerpo vacío debe detenerse un minuto a conversar con los espíritus, recordar que cada rincón está habitado por un suspiro, una lágrima furtiva, un amor decepcionado, una infidelidad, un segundo de felicidad. Que cada ventana mira hacia el interior de los sueños de aquellos que lo habitaron, que los rincones guardan el polvo de una pisada llevada por el viento, que el olor de una hojita de boldo se va desvaneciendo en la memoria, que sus oídos se abren cual avellanas a la melodía de las risas, las de mis antepasados y la de los niños, dos niños que juguetean alegremente con la semilla atravesando el pensamiento y la tierra.

—Yo conocí un caballo que sonreía de sonrisa solitaria allá en mi tierra y la semilla tenía marcas en el rostro.

Cómo evito tu mala suerte, se preguntaba con tristeza la única observando la estela de maíces tostados que cruzaba el pensamiento intentando descifrar la curva que da nacimiento a la selva de sedosas tentaciones, la caída de las aguas en la gruta, el rumor de las olas acariciando la tierra húmeda de sangre, las cabezas cubiertas de paja tras la primera batalla, cubiertas de honor para que el sol no se escondiera nuevamente en la derrota. Y con su amor, iba dándole forma al deseo preparando el lago para recibir el alimento que, impregnado de olores, vendría a calmar su hambre, pero no su espíritu, en el momento en que tu padre tiraría el cordelito. Pero ya estaba escrito que nadie podría cambiar tu suerte dado que, al igual que yo aprendí la lengua al filo de mis amores, tú no naciste en día, sino al filo del cuarto de los cinco que oscurecían tus ojos y nuestro camino.

La pirámide, construida sobre la sangre de su prisionero, nosotros, se elevaba por sobre los sueños, los suyos y los míos, los nuestros, cada escalón poblado de un dios, un dios amable hacedor de sonrisas, cada escalón reclamando un sacrificio, cada escalón escondiendo una piedra, un árbol, el rumor de un insecto de mi camino, y por ella yo subía en pos del cielo azul, brillante en el último escalón, negro en las raíces amasadas de oro, plata y sangre. Subía yo seguido por El Conde exhalando su fétido aliento cansado de correr tras aquel que corría tras ella hasta que para mi desgracia logró pasarlo.

Y yo, rodeado del desconsuelo de mi madre pese a que ella, la otra, suspendida en el aire jugueteando con las nubes, llamada de urgencia por el amor tomó humana forma y bajando por una vez a la cantera me condujo tomado de la mano, a mí, su amante y su víctima, invitándome a bailar eterna danza acariciándome de sonrisa y llenando de promesas mi mano vacía me, nos, fijó alegremente en la piedra del amor, sí, la misma con la que rompieran la crisma a Felipillo y abollaran los sueños de tantos otros mientras el viento silencioso a grandes pasos cubrió la tierra, cubrió los sueños, cubrió el alma de unos y otros y desconcertado viajó de una cara pintada de cobre a una cara pintada de blanco sin saber a cuál penetraba, entrando así en blancos cuerpos creyendo que eran dioses cuando en realidad eran otros dioses parecidos a sus dioses y en cobrizos cuerpos que en realidad eran sus dioses disfrazados de otros dioses enemigos para que no los reconocieran, táctica común en la cabeza del viejo general y que en realidad a los únicos que llega a engañar es al pobre viento y a nosotros.

—¿Quiere que cierre la ventana?

—No, gracias, se me pueden escapar los recuerdos.

—¿Qué cocinan?

Por lo que se acerca desde las colinas de mi infancia galopando, naufragando de cuatrocientos barriles para ir a perfumar el vientre del mar y mi pesadilla, su boca llena disparándolos uno a uno para ir a clavar mi piel y mi miedo.

Hoy lo descubrí y sin saber de dónde saliste te lo puedo asegurar, Conde, que sé en qué momento preciso desapareciste para acecharme, en qué secreta corriente navegaste para preparar tu venganza. Sin conocer la mano de tu madre conocí el aliento surgido de la greda y del amor, sin conocer a tu padre supe desde el primer momento que naciste la maldición en la frente por lo que fue mi padre quien se enfrentó al tuyo, sin conocerte te reconozco por el olor, por tus dientes que bañados en el líquido de la muerte serán los únicos que riendo darán fruto y en mi derrota, por lo que así está escrito, encontraré el camino y riendo te maldeciré, mi única victoria en la vida y tu derrota en mi muerte se acerca por lo que comencé a sentir tu aliento.

Cierto, es el mismo aliento que sentí el día en que conocí a su padre y éste comenzó a perseguirme entre las lianas y estaba a punto de descubrir el secreto.

Mi madre olía parecido, no todo el tiempo, a veces, en las noches en que solitaria una lágrima caía por sus mejillas reflejando la luna llena, a veces, la única vez en que me hizo una caricia, pero en aquella época no sabía de dónde venía el olor, ni qué lo temería.

El Conde sí lo sabía y riendo examinaba los viejos planos militares, revisaba la red que me aprisionaría y por descuido, como por descuido, dibujó una pequeña pirámide, más pequeña que el círculo del general, sobre el puerto de Los Boldos.

Yelmo de hierro El Conde unía una cadena al pensamiento, arma mortal, para que decapitara cuanto encontrara a su paso: la flor que se mecía al viento, el conejo que para su mala suerte devoraba el trébol, la piedra que rodaba en la cantera, el humo de la locomotora, pero que pese a su poder no pudo decapitar el paso ni nuestros sueños aunque sí la cabeza que se asomaba al filo de ese lunes que merecía ser martes.

La sexta rodó por las gradas templo arriba hacia su falda antes de que se me escapara sonriendo la cabeza colgando de su sexo mientras tres granos de maíz se quemaban en el vientre de la llama que sonriendo caminaba en el borde del lago de plata, allá, donde el río conversa con el mar.

Qué murmuraría El Conde en el oído de Moctezuma que lo hizo confundir el primer puente con el último, remover el fango para recibir los cuerpos en vez de los corazones, cortar el paso al paso para permitirle a él, el primero, romper el cerco de sus paredes para perderse galopando en el camino llevando en ancas a El Conde y su olor, ese olor que sentí por primera vez aquella en que en una plaza pública contara de indiscreción mi historia a una alcahueta que olía a amores, permitiéndole cortar el sol a la vida para que sus cascos de plata pisotearan el pensamiento y la espada tronchara de luna la cabeza del padre de la tierra, la séptima cabeza.

Qué murmuraría mi padre en el oído de mi madre para que ésta sonriera por primera vez y mirara de ojos de amor, ardientes, olorosos, humedecidos por el líquido de la vida, llamando mi madre la Lengua, llamando la mano vacía, llamando a la espada, llamando como me llamara el rozar del aire por el puñal del sacrificio antes de decapitar las codornices en honor a mi padre, en honor a mi miedo, en honor a mi muerte.

Qué murmuraría el puñal a la nubecilla sobre la cuarta grada para que ruborizándose corriera sus pies desnudos a los salvajes bosques para esconderse en el murmullo de las avellanas, en la caricia de la hoja de boldo arrullando los sueños, en la danza del dihueñe deslizándose entre las piernas de la doncella, en la curva del camino secreto penetrando la leyenda, en las raíces del más sagrado entre los sagrados tomando fuerzas de la tierra para cuando llegara el momento.

Qué murmuraría en sus oídos el primero que la poseyó y llenó su vientre de palabras arrojándola del desafío al recogimiento tembloroso, que desvistió su cabeza para vestir las velas, que desvistió sus piernas para vestir la tormenta, que desvistió su enorme y hermoso trasero para vestir la cara de la virgen del socorro mientras la locomotora subía por sus senos, y logró que arrancara la seda de su pubis para tejer el cordelito que le abriría la puerta.

Usted perdone pero fui al 36 y no la encontré, sí, sí, había otra, pero no era ella, la única, y usted lo sabe, no sé cómo pero lo sabe, es como cuando uno se equivoca de camino, no está seguro, pero sabe que va por otro lado y que llegará al final, pero no al lago, y el placer de la huida no es el mismo al igual que el placer del amor no es el mismo.

Qué murmurarían en sus oídos que el agua que salía hirviendo de la tierra en una hora se volvía fría y helaba los labios para nuevamente arder al tocar la lengua, qué murmuraría la piedra al corazón del árbol que permitió que el fuego diera cabida a mis frágiles piernas y a mi entristecido cuerpo para navegar, mis ojos acariciados por el agua, acercándome a ella, alejándome de ella, perdiéndome en la inmensidad.

Y el murmullo de la tierra continuaba rodando cantera abajo, pirámide arriba, pasando de la ola a la nube, del trébol a la orquídea, de mis dedos a la billetera en ese frío lunes en que se cumpliría la profecía.

Un manco se paseaba murmurando maldiciones contra aquella que le arrancó su brazo errando el camino de su ojo, inutilizándolo para conquistar esas sierras nevadas, esas sierras negras, esas sierras verdirrojas por donde paseaban los venados saltando de isla en isla, y maldiciendo a los vivos que saliendo de las sombras le habían arrebatado la gloria de los otros. Y el manco maldecía por lo que ni siquiera a Granada le permitieron ir, y sus soldados, a quienes escogió por su no hablar ya que hablaban tartajeado, los mudos, le salieron de hablar espantoso, de voz ronca, de no acertarle a las palabras, de no poder pronunciar otras, ceceaban, pero en general considerando el aspecto militar de la empresa se puede decir que para ser soldados eran de muy buena conversación.

Sí, desde pequeño se equivocó y hasta sus padres se equivocaron cuando lo abandonaron en las gradas de la iglesia consagrada a la Virgen del Socorro y él era partidario de La del Pozo y hoy en la noche vio brillar la tierra en vez del cielo y a partir de ese instante se dedicó a cavar las tumbas de los otros recuperando el oro, recuperando la plata, recuperando sus sueños y su historia y con ellos embarcó sobre una nave para partir hacia Granada y hacia ella.

Bañado por la espuma, el manco murmuraba maldiciones mientras los recuerdos aprisionaban su nave y lo hundían para siempre en el mar con el oro, con la plata, con los sueños de los otros, maldecido por la eternidad por los quince que arrastró en su aventura, quince entre los cuales a uno le faltaba un ojo y sonreía de dorados dientes mientras ordeñaba el fondo del mar para comer y bebía el corazón del cactus para olvidar.

Advertido Cortés envió a uno de sus mayordomos en canoa con dos barras de oro para comprar dos naves, con dos barras de plata para hinchar sus velas, con dos negros para que de remeros y compañía le sirvieran, y esperó que regresara para conducirlo nuevamente al monasterio a dar gracias en acción de gracias, a la posada a buscar en el fondo de los vasos de licor a su madre y al olvido, a los palacios a buscar los favores y sinsabores o al menos una mirada ensuciadora de la más bella, a la pirámide a despedirse de mi piel, al sur del Sur a forjar un amuleto en mi mirada, y esperó sentado sobre una calavera sonriente.

De los negros nunca más se supo, se supo solamente que en las noches de luna llena, en las noches de luna oscura en los días de la oscuridad se deslizan llorando sobre el lomo de una carpa, en los labios de un pez espada, cabalgando en una rana cantando melodías salidas de las grutas, de las planicies, de las copas de los árboles, alegres melodías que nos recuerdan que de ellos nunca más se supo.

Del mayordomo sí se supo, se supo que era tuerto, que apretaba la bolsa de plata de fríos dedos y que su cadáver apareció sin sexo en una solitaria playa de una solitaria e inhabitada y hasta ahí desconocida isla marcado su cuerpo por las caricias, su único ojo mirando de mirada ensoñadora y al mismo tiempo de mirada desconfiada por lo que lo vio venir, pero como se encontraba muy debilitado y flaco después de aquel encuentro y había tenido la sensación de que aquel que se acercaba por su espalda era malandrín, temió que le echase almohada o colchón sobre su boca para asfixiarlo por lo cual, dando vuelta sobre sí mismo, abrió de grito la boca y se tragó un pez espada.

¿Las dos naves? se cuenta que aparecieron una noche de lunes por el camino que unía el quinto muro de la muerte a la vida, sus velas desplegadas, sus banderas ondeando, su capitán saludando a Felipillo.

Era evidente, le hubiera bastado con sentir el aroma del árbol sagrado, con observar el movimiento de los remos separando los labios del agua cual se separa la breva madura en el momento del amor, con dejar salpicar su rostro por las lágrimas de las olas al igual que la primera salpicó el mástil del navegante, traspasar su cuerpo por el viento al igual que el tiempo traspasa los recuerdos, cerrar sus ojos a la oscuridad y abrirlos a la inmensidad, tocar los montes de las calaveras que remaban. Y de haber mirado el estandarte se hubiera dado cuenta que las naves las había quemado en anterior viaje y la que reía al sentir la proa penetrarla era mi madre.

—Yo en cambio me pregunto si era tan evidente que el murmullo fuera el mismo.

—Jetón mal pensao y peor hablao por lo que se me está como metiendo con la familia. ¡A mi madre no me la toca, oyó! Bueno, es un decir.

Es cierto que me equivoqué de puente, pero por aquel que intentará pasar Alvarado no me equivoqué ya que lo mandé construir tres veces, la primera de piedra para el navegante, la segunda de hierbas para Alvarado y la tercera de flores para el extraño que resoplando arrojaba sobre mí su fétido aliento.

El que saltó las hierbas cayó en las nieves eternas enclavadas en la cordillera enclavado en su trasero mi pie vengador mientras mi nave, la nave madre, luchaba contra las corrientes que viniendo del pasado, del futuro y del presente embestían sus costados intentando llevarla al comienzo o al final de mi camino, los vientos desvirgando las velas que preñadas de sueños se arrojaban en los brazos de la tormenta.

En medio de la azotadora, ambos escribimos la historia para no desaparecer como la primera vez, aquella en que nos olvidamos de dónde veníamos, en que perdimos nuestros recuerdos y por ello fuimos felices y amamos y sembramos hasta el día en que por el estrecho dibujado por las nubes bajó el pasado, y el sueño se hizo insoportable y nos obligó a recoger el pensamiento y caminar sin descanso hasta llegar a orillas del eterno para embarcarnos en una balsa adornada por la serpiente de plumas, y navegar, navegar hasta el día en que el recuerdo desaparezca y regresemos a arrojarnos con nuestra historia en la tormenta.

El escribió su historia en un pergamino que selló con cera, encerró en un tonel y deslizó al mar en la caricia de una ola. Para mayor seguridad hizo una copia en corteza de árbol de corcho la que encerró en un barril el que ató en lo alto del mástil para que en caso de naufragio fuera poseída y no vagara de por vida de sueño en sueño. Del primero nunca más se supo, se supo solamente que se le vio disolverse en la sal de nuestras lágrimas, el segundo en cambio atravesó la semilla y se evaporó a la salida del sol.

Yo escribí la mía en piel que sellé de lágrimas de árbol y confié a un conejo. Del conejo lo último que vi fueron sus cuatro patas en el aire corriendo sobre los copihues, por ello hice una segunda copia que confié a una nubecilla indiscreta que la perdió y para hacerse perdonar desde ese día me sigue de amor en amor.

Como sabía que hiciera lo que hiciera no servía de nada hoy se la cuento a ustedes para preservarla.

Así fue como ambos bajamos otra grada, quizás por lo que, enemigos de los muros, intentamos encerrar la historia.

—Y usted no agache la cabeza que servir un sueño es casi tan noble como servir café. ¿Quiere más? No, no, cómo se le ocurre, yo se lo traigo, compadre.

—¿Que por qué sonrío?

La primera vez que dejamos un pergamino lo depositamos en manos de aquella que acurrucada en el vientre de la tierra nos despedía de sonrisa.

La primera vez el fruto salido de la greda acarició nuestros labios para calmar nuestra hambre y nuestra angustia.

La primera vez la vertiente de la eterna juventud mojó sus largas pestañas y nuestro sexo, bañando sus mejillas y nuestro deseo con el jugo de las plantas, aquellas que crecen escondidas en la fuente de la vieja eterna, aquellas temerarias que se arrojan del sexo del escarabajo de la luna al abismo.

La primera vez nos despedimos de los boldos bañados nuestros ojos de lágrimas, bañado su tronco de lágrimas, bañadas para siempre sus hojas de la tristeza del adiós.

La primera vez en que dibujamos la vida el camino nos sonreía y la llama sonreía y los cuatro granos dieron fruto mientras la semilla sonreía.

La primera vez, el pergamino pasó de mano de aquel que conocía al corazón de aquel que no conocía, y transmitió, sin saberlo, el camino al más sagrado.

La primera vez pasó de voz a susurro de aquellos que no olvidaron las reglas y saludaron a la vida al igual que a la muerte, y el pergamino se paseó de grada en grada hablando de nosotros y de aquellos, de aquellos que un día volverían, de nosotros que algún día volveremos, de aquellos que viajan en tercera riendo, sin saber que por mi indiscreción ellos también comenzaron a caminar por nuestra historia para que olvidáramos que existió la primera vez.

Esta vez el último depositó el pergamino en manos de las llamas por lo que esa noche supo que habíamos desembarcado, mientras las aguas se agitaban en el lago, mientras los palos gemían en mi nave, mientras el viento se arrojaba de violencia al mar para perder la vida en mi puerto de Los Boldos y el general, de un golpe de espada, cortó la cabeza del que sabía y riendo puso la espada en manos del que no sabía que soberbio montó en un sonriente caballo que sonreía por lo que él sí sabía.

—Yo también sabía, ¡oh!, no toda la historia por lo que recuerde, yo apenas sé leer. Pero en cambio sí sé conversar con los muertos, mi madre me lo enseñó, es fácil, vea, ¿a usted también le bañaron la cabeza con caldo del escarabajo de la luna hervido en agua de la inmensidad?

En tres horas el sol recorría mi camino dando nacimiento a la serpiente sagrada, deslizándola de grada en grada, saltando en el hueco de mi ojo vacío en la primera, sonriendo en la segunda al acariciar con su cola a la indiscreta nubecilla, moviendo sus caderas en la tercera para que los corazones bailaran al ritmo de la vida, abriendo el camino y las piernas de mi amada en la cuarta, alcanzando la billetera en la quinta, pariendo en la sexta y desapareciendo en la séptima abrazada por nuestro padre el sol llevando en sus labios el pergamino, tres horas una vez cada nueve años.

Un día de ese año, un lunes que merecía ser martes yo fui testigo de la primera vez que ella apareció y abrió sus piernas, y la tierra sangró. Desde ese día, la tierra sangra una vez cada nueve años, tres horas ese día. La semilla plantada día lunes no da fruto salvo en la mujer amada por la cola de la serpiente sagrada, fruto del amor que recibirá de manos del fuego el pergamino y de manos de la nubecilla el puñal del sacrificio.

Quizás por eso no me sirvió de nada cortar las olas del filo de mi espada, oxidar mi mano con las lágrimas del mar, decapitar al pez de plata que me miraba sorprendido quizás por lo que fue el único que se dio cuenta de que fue decapitado por un cuerpo decapitado. El por mí, yo por los míos, y pudriéndonos en muerte, ambas cabezas fuimos a conversar en las corrientes submarinas buscando tesoros, arrastrando con nosotros a los portadores de tesoros, maldiciéndolo cada vez que pasaba, él, el mil veces maldito valiente capitán, maldiciéndolo por lo que su nave se nos escapaba llevada en el círculo de los cinco ángulos pintado en la mano derecha de los grandes vientos.

Y nuestro cuello sangraba de rabia, y el gobernador sangraba de rabia en su pantano, y la gobernadora sangraba de consuelos en su lecho y mi ombligo sangraba por lo que ellos ni mi madre aún sabían en aquella lejana época que para estancar la sangre de las heridas se necesita amarrarla con la tela de araña que cubre el caparazón del escarabajo de la luna, alimentarla con el corazón de paloma atravesado por el rayo, vestirla con las verdes plumas del pájaro que adorna la cabeza, abrigarla con lana carbonizada de llama, aliviar su sed con extracto de corteza de pumacbuca y pintarla frotándola con la piedra roja, aquella que abre el sexo para permitir el paso de los sueños y la cordillera.

La piedra roja, no se vaya a equivocar, se la reconoce en su sabor, es salada, sabe a recuerdos, arde y a la vez refresca, canta en el fondo de las ollas de greda y se disuelve gimiendo en el amor. Sobre todo no la vaya a confundir con la piedra negra a la que se la reconoce por lo que es ametalada, no es sabrosa ni amarga ni dulce, sino como pura agua cuando no se tiene sed y no se padece de amores, se endurece al contacto de los labios y de los jugos sanguinolentos de la vida, en el estómago se vuelve elástica y juega rebotando las esperanzas de los que allí moran, es provechosa para aquellos a los que espantó un rayo y quedan como desatinados y mudos, en bebida sirve para arreglar los corazones que se derruecan y hacen vascas. Dicen que cuando comienza a llover de truenos en la cordillera caen de las nubes y ocúltanse bajo la tierra. Ah, molida se le da a la mujer que trae al mundo criatura ladeada, castigo de los dioses por lo que no se abstuvieron de varón en el momento de parir.

—Ahora me explico el porqué camino chueco.

El viento también sangraba, sus piernas talladas de caracoles de mar por nuestros dientes al intentar detenerlo, y se iba tronando a que la madre de la tierra le sacara gusanillos de la boca y de los ojos y piedrezuelas de otras partes de su cuerpo y le rogaba que comiese. Pero ella no comía caracoles, y por respeto a los muertos no frotaba sus heridas con resina del más sagrado aunque sí le frotaba las bubas que nacen en la cabeza, en la del viento, no en la mía, que vaga rabiando en tu compañía por el fondo del agua por lo que si no la hubieran separado de su cuerpo estaba destinada a descubrir el camino a la primera, la sagrada, aquella por cuyas calles me paseo rabiando en el fondo del lago.

—Si quiere lo acompaño, pero no rabiando por lo que en aquella lejana época yo no rabiaba y corría feliz por los senderos de la vida saltando sobre la muerte en las arenas del río. Ahora es distinto, ahora me da una rabia enorme cada vez que se demoran horas en tomarse el café, no, no por lo que me importe. Por lo que ni siquiera me miran. No, por favor, no se disculpe, no lo dije por usted, yo se que a usted tampoco lo saludan, y el café..., al café lo invité yo, ¿que ya no se acuerda? Con la memoria que tiene me pregunto si vale la pena contarle mi historia a este huevón, bueno, como le iba diciendo un día, no, una noche, no, más bien al filo de la muerte del día y el nacimiento de la noche, en el único segundo en que la vida no es de nadie llegó corriendo y me entregó la primera carta.

—Ya lo sabía yo que había una primera carta —se dijo el avispado Felipillo que estirando la oreja vigilante continuaba dando paseo de paseo canero alrededor de la mesa de al lado.

—Otro café —ordenó El Conde desde una mesa en la penumbra. Por la ventana cerrada entró el recuerdo de un chirrido y un escalofrío recorrió nuestras espaldas mientras Moctezuma pasó de un calendario al otro voceando un pergamino y yo logré anotar por primera vez en el borde de mi diario.

Una noche jugué el sol antes de que éste saliera, lo aposté contra un caballo que había cargado mis esperanzas y fracasos en las llanuras, que había corrido tras mis amores en el mar y los trigales, que sonreía en las batallas, jugué el dios que coronaba el templo a dos huesos, mis huesos, que viajaban por el aire sabiendo que la suerte estaba echada. Los dados se detuvieron en el tiempo y luego bajaron una grada.

Mi madre tembló en la lejanía y preparó la cuerda con la que durante el tiempo de la desesperanza amarraría el caballo al verde tronco. Mientras tanto, los hongos comenzaron a caminar por el prado hacia el lugar en que descansarían sus cuatro patas, el dihueñe, siempre discreto, abandonó su lecho y regresó al bosque, el viento indiscreto deshojó el pensamiento y yo me preparé a tirar el cordelito.

A tu padre en cambio le tocó el palacio de oro y plata, construido sobre la piel de los vencidos, aquel que cerca del templo abrigaba sus amores y lavaba sus culpas con el agua ardiente que surgía de la tierra, en la fuente bañó su cuerpo de dorado barro para aliviar el dolor producido por sus heridas, en el pozo de al lado se bañaba un hombre su cuerpo castigado por el tiempo, sus ojos cargados de tristeza, una triste sonrisa vagando en los labios que cerraba con fuerza para no gritar mientras refregaba su espalda con ramas de ortiga, pellizcaba sus sobacos y sonreía por lo que ella refregaba su sexo con una ramita de toronjil.

A la séptima cara de la última cabeza el valiente capitán apostó su mano vacía y ganó la espada que perdiera en el campo camino a Granada ante la sorpresa de El Conde que contaba una y otra vez hasta tres como se lo enseñara el general.

A Felipillo le tocó la casa de las vírgenes, mil que se paseaban llorosas entre las rosas, las orquídeas subiendo por sus piernas, mil que fueron arrancadas de sus pueblos en mi honor y que acariciaban en secreto en las noches la altiva palmera que poco a poco iba perdiendo sus fuerzas, mil que encontraron su felicidad cuando el compadre y superior colgó una farola roja en las púas de la puerta y llamó al maricón del piano para que tocara la flauta.

999 que lo maldijeron, a él que ni siquiera era capitán por haber perdido el farol y su felicidad en el juego, 999 que miraban de ojos largos y mejillas rojas de envidia a aquella que logró subirse al tren mientras éste se alejaba, el farol haciendo adiós en el último vagón, una, mi madre, una, la única, la única que no revisé.

Mojada su cara por las olas, sorprendido el viento en las velas de su nave, mi padre, el navegante perdido, soñó el paso en la primera cara de la tormenta.

Al timonel le tocó la momia que sonreía en la primera de las cuatro gradas adornada de rojos corazones colgando de sus orejas, una estrella de oro brillando en la cuenca vacía de sus ojos, una espiga de maíz colgando de su sexo.

Al manco le dieron la luna por su costumbre de escapar de sus barrotes para ir a conversar con las nubes en las noches de vientre pleno, la luna y una pluma de cóndor que mojó en las aguas de mi río para marcar en mi espalda el sitio donde lo guardaban prisionero.

—¡Por Santiago y por la virgen! —gritó Bartolomé en el momento de lanzar los dados.

—¡Por la puta y La del Pozo! —gritó su cuerpo desnudo traspasado por las miradas del recuerdo, cubiertas sus vergüenzas por una hoja del traidor litre.

Mis huesos perdidos en las llanuras, en la selva virgen, en los pasos de la tormenta, mis huesos separados de mi carne en el sacrificio por los dientes de la vieja eterna sacerdotisa del amor, mis huesos viajando por la eternidad en el vientre de los primeros habitantes de mi tierra me dolían cada vez que los lanzaban a la tierra aquella que pisé el primero sobre huella antigua, sobre huella grabada en piedra, allá en el monasterio al borde de las aguas, y por eso la perdí, la jugué contra mí mismo, y la perdí.

El viento falseó la partida trayendo por el atajo el olor de las especias, el rumor recogido por las nubes, separando las hojas de los boldos para mostrarnos el lugar donde asaltan los recuerdos cabalgando de brillantes vestimentas, cabalgando hidalgos, la espada al viento, cabalgando estrujados por toscas manos, estrujados por el deseo, estrujados por las ilusiones de poseer la primera, de poder llevarla al baño a ver a la virgen y bañar su sexo en la fuente de la vida eterna, de poseerte al fin, Cíbola de mis amores, mientras los naipes caían y caían sobre la frazada raída por viejos amores protegiéndome del frío que invadía mis frágiles piernas.

Y aprovechándose de la confusión Felipillo violaba a la última de las amantes de mí padre, avispado Felipillo.

Sin embargo no podía moverme cercado por el miedo desde aquel día en que me dieran el poder de producir miedo, a mí, que todo lo vi cuando me encontraba sembrando la semilla y pasaste por primera vez. —¡Dios te maldiga...!

Una mañana de ese año los conejos comenzaron a desaparecer del calendario deslizándose por un espacio del tiempo, una mañana saltó ante los ojos sorprendidos de las llamas que miraban desde las nieves eternas barba roja, barba blanca, sol barbado unido el labio a su mentón por el camino que caracolea entre las nubes tras la tormenta. Iba seguido de cien mujeres, de armaduras de luna refulgiendo al sol, de sonrientes cabalgaduras, de afiladas esperanzas apuntando al cielo, seguido por su grito cayó en la arena negra dorada por la cuarta noche pisando la tercera grada.

Tras él se encontraba el sueño, delante de él, mis bosques, los árboles salvajes que extendían sus ramas llamándolo cual brazos de mujer llamando el amor, cual irresistible llamado de la elegida, aquella que canta en el mar, en el fondo del volcán, en el fondo de mi ojo vacío acariciando con su lengua el pensamiento, llamando su estandarte y mi desgracia.

Tras él la caricia salada de la búsqueda, delante de él las espinas aceradas de la búsqueda, tras él las delicadas manos de la fuente cantarina, delante de él las plantas que nacen del cielo para ahorcar al insolente, tras él el camino hacia la nada, delante de él el camino hacia el infierno.

—Yo hubiera hecho lo mismo, pa' delante, sabiendo que tras mío estaba la nada y delante la espada por lo que yo...

—Putas compadre, ¡otra vez leyendo sobre el hombro!

—Perdone, pero nunca he podido evitarlo.

Al dar el primer paso sentí que el camino desaparecía bajo nuestros pies, que los árboles nos abrazaron haciéndonos desaparecer de la vista de los hombres. Fue su olor quien nos guió en ese cementerio vegetal y avanzamos, el barro acariciando el vientre de nuestras cabalgaduras, tapando nuestros oídos para no escuchar el canto de la selva, cubriendo nuestro ojo para no mirar hacia atrás, cubriendo nuestro pensamiento para no maldecir a dios, cubriendo nuestras heridas con cascadas de orquídeas, nuestra hambre con los dientes acerados del banano, nuestra insolencia con la insolencia de sus colores tanto así que más de uno perdió un ojo que desapareció sorprendido de ver lo que veía, cubriendo nuestra alegría con la certeza de que no nos quedaba sino avanzar.

En los fríos días, de la larga noche del fuego brotaba la humedad y el humo se hundía en nuestros huesos preñándolos de tristeza, solamente una luciérnaga se compadeció de nosotros e iluminó nuestra miseria.

Un rayo que correteando en el viento anunciaba que allá, en la piedra de los sacrificios, se preparaban para arrancar mi corazón y ofrecer mi sangre a la oscuridad para que mi padre volviera a iluminar tu cara, para que desaparecieras, tú, tus cien esposas y los vestidos de luna, para que de los sonrientes dioses uno quedara abandonado galopando hacia las tablas suspendidas en la niebla, hacia el humo que delataba su presencia en la mitad del bosque, hacia mi madre que temblando lo esperaba, para que tú abrieras el puño vacío y la espada continuara su camino hacia mi espalda.

Y a cada paso perdido tras el paso, a cada paso hundido en el fango la vieja eterna perdía un diente retorciéndose de la risa, cada metro que avanzamos tras los sueños otro sueño se desvanecía ante nuestro ojo y por primera vez la espada sirvió para marcar la vida, de seco golpe la hundíamos en la piel del árbol y el sonido se perdía riendo entre las lianas cuando el rayo rebotaba.

Hasta que un día llegamos a la primera marca, un mes y un conejo menos después de que diéramos el primer paso. El silencio invadió nuestros yelmos y cada cual lloró para adentro ese llanto terrible por lo que no solloza, ese llanto terrible por lo que moja el alma, ese llanto que arroja sal a las narices y al recuerdo salado de la soledad, ese llanto terrible por lo que se oculta con vergüenza.

Tras esa buena y aliviadora llanteada tomé una decisión, llamé a los míos, los míos, no los suyos, y les pedí que cada uno levantara la espada, que mirara de mirar profundo con su ojo y respirando al mismo tiempo, al contar yo hasta tres por lo que el número que le seguía para mí fue siempre un misterio, indicara con la punta de su espada la ruta a seguir tras el paso.

Uno, la mano vacía se levantó en la oscuridad. Dos, cual nuestros cuerpos de un salto dio un círculo en el aire. Tres, prolongando nuestros deseos, apretando el ojo vacío, invocando a Santiago y La del Pozo, cada uno señaló la ruta. Y a partir de ése día caminamos en círculo.

Incluso al interior de sus cien sexos caminamos en círculo, errantes en sus labios, errantes en su circunferencia, indefensos al verlas, una siguiendo a la otra, desaparecer de nuestras vidas.

Un pelo de mi barba les ofrecí para que se quedaran con nosotros y ellas reían en ese bosque donde el retrato del sol cual piedra lumbre cerraba las piernas y el apetito. No brilla, me decían, no adorna me decían, no se come, me decían mientras la vieja eterna reía su boca llena y yo arrancaba el tesoro arrancado a la tierra y lo arrojaba maldiciendo a la tierra que se abría.

Una noche la luciérnaga desapareció y durante tres noches caminamos cargando el miedo en nuestros cuerpos, ese miedo que se siente cuando al pasar el tiempo se pierde la sensación de ser, cuando se tiene la impresión de caminar en el vacío, cuando el chaca saca del corazón y el galopar de la sangre invaden nuestros sueños desplazando al pensamiento, tres noches en que el miedo nos dolió. Al cabo de las tres noches los árboles se hicieron más pequeños, el suelo se sembró de cáscaras de avellana y...

—Y ante ustedes apareció la cordillera.

—¿Cómo?

—Es que yo también estaba allí. No, no, entienda, yo era el que vendía los piñones. Fresquitos estaban mis piñones, tostaditas mis avellanas, mis copihues rojos abrigados del viento por las agujereadas ropas tejidas de mimbre del canasto roto.

Su falda se alargaba hacia nosotros ofreciendo el fruto escondido, su borde trepaba suavemente por nuestras piernas hacia los deseos, una hoja del primer árbol rodeó los semilleros y una mariposa succionaba mi cabeza acariciándola con su rasposa lengua invitándome a dejarme ir y trepar hacia Aguas Santas.

El camino apareció ante mi mirada sorprendida que mirando de reojo observó el cartel, y el viento, ¡cómo podía yo saber que no era el bueno!, levantó el velo que ocultaba el nombre del ramal perdido.

Tantas horas pasadas en el tren hicieron que el asiento me doliera en mi cuerpo, que mi mirada rebotara en el cristal, que mis recuerdos se sentaran en los duros asientos y al cabo de tantas horas se encerraran y me dolieran en mi cuerpo, ahí, adentro, donde la vergüenza no llega.

Traidora, la hoja pasó de juguetear a apretarlos con rabia, la falda se empinó para impedirnos llegar a ella, las aguas santas desaparecieron en las nubes y la noche se reflejó en la nieve, el frío cortando de espadas nuestras piernas mientras nuestras espadas combatían con las aceradas lanzas de la hierba y el dolor bajaba por nuestras piernas y subía por nuestro estómago hasta morder el hombro. —¡Por Santiago y La...! —alcanzó a gritar el caballero que cerraba la marcha antes de morir helado en su montura, su ojo mirando hacia el futuro y sonriendo hacia el pasado, todos nos acercamos presurosos a ver si alcanzábamos a escuchar el resto del grito antes de que éste desapareciera rebotando en el desfiladero. ¡Inútil pretensión! De la boca abierta de sorpresa salía solamente el ruido de los dados rodando sobre la esperanza. Y nos quedamos sin saber, y nos quedamos empatados dado que la mitad gritaban por La del Socorro y la otra mitad por La del Pozo.

—Yo conocí un partido que terminó empatado y nunca supimos quién había perdido, y el grito que usted busca lo terminó El Conde en la galería. ¿Que por qué no se lo digo? Es cierto que me compró un copihue, pero recuerde que no quiso comprarme los piñones. Y entre usted y yo, y no se lo vaya a decir a este gallo, de todas formas hubieran quedado empatados.

De todas formas pregunté por preguntar, por lo que por una o por la otra, por Santiago o Emeterio, igual hubiera continuado escalando las gradas que nuevamente aparecieron en mi vida, riendo, haciéndolos reír hasta apretar sus vacías encías, haciendo reír las espinas del recuerdo, ocultando con la crin de mi cabalgadura el pie marcado en mi trasero, ofreciendo dos pelos de mi barba o cargar al más enfermo para llevarlos hasta ella, no por ellos, no por ella, por mí.

Confiaron, sospecharon, obedecieron y conspiraron, amaron y murieron, levantaron la espada y la envainaron, ellas y ellos, pero me siguieron para ayudarme a llegar a ella, la única. Miraban de reojo mis espaldas, entraban en punta de pie en mis sueños, para adivinar el rumbo bebían un verde brebaje hecho con los despojos de mi cabalgadura, interrogaron mi aliento para descubrir, me vigilaron noche a noche durante la marcha a ciegas, durante el frío que enfrió el amor, y no supieron.

Decepcionados saltaron sobre los arbustos regando la sangre de su sexo los cuatro puntos que se reproducían cual una maldición en el círculo, comieron la planta negra y orinaron desesperanza, uno se arrojó al vacío y al llegar al fondo del grito vio cómo su yelmo se iba flotando hacia las grandes aguas, más grandes que aquellas que se tragaban su esperanza, y me siguieron al igual que me siguieran cuando salté por primera vez.

La tierra se transformó en metal y las piedras en cuchillos que desgarraban nuestras pisadas y el frío aumentaba y el aire comenzó a faltarnos, y tú, valeroso señor bajo cuyas alas hallamos

176

abrigo hoy nos lo niegas y me haces hablar como rústico y tarta-
mudo, como aquel que va saltando las pozas del recuerdo o an-
dando de lado o caminando cojo lo cual además de ser muy feo es
peligroso ya que generalmente hace que se pierda el camino, tú,
de quien sospecho la conoces y por eso la alejas de mi mano, tú
que te escondes para no darme la cara y que hiciste explotar las
entrañas de la tierra para que nuestra piel se pegara a nuestras
armas, para que la ceniza cegara aún más si ello fuera posible
nuestro ojo, para que el yelmo se calentara hasta quemar el pensamiento y sin embargo me siguieron, la necesidad de sueño era
más grande que la necesidad de lecho, y las plantas así lo comprendieron y recibieron nuestro homenaje desde el día en que la
última de las primeras se desvaneció en nuestras manos y la mariposa se posó sobre sus hojas.

El caballo sonreía aliviado y la yegua estiraba el belfo de-
cepcionada, Felipillo se cambió de campo e intentaba horadar la
tierra. Picado, su compadre se cambió de ese campo al que estaba Felipillo y la marcha ya no era marcha sino pesadilla y la ceniza comenzó a descascararse abriendo el ojo mientras de la
cuenca vacía salía volando una luciérnaga y ella apareció cual
apareciera en las aguas, cual apareciera en el suspiro, en el espejo de plata incrustado en el pensamiento, apareció en el quinto
muro, en las invisibles piedras altas como las montañas, en la
planicie que se extendía cual un puente de plata y oro entre mis
pies y el muro a cuyos pies acampaba él, y yo, yo que me enfrenté
a la vieja eterna, por ella nuevamente llegué atrasado, —¡Dios te
maldiga...!

—¿Y yo? Por lo que me está como dando la impresión de que cuando dice yo no soy yo. Y no se enoje por lo que le voy a decir, pero nuevamente se le escapó. Ve como no cumple.

A los dados me jugaron, al miedo me jugaron, ambos nos enfrentamos por lo que una vez más llegué segundo, ¡hijo de mala madre! y al lanzarlos ya sabía el resultado. Por eso me da rabia, por eso, no porque usted me lo dijera.

—Yo vi al guatón cuando la guardó nuevamente en su bolsillo.

—Y estaba llenita, de seguro que ahí estaba mi pasaje.

El primer lunes en que llegué tarde no llegué tarde, acababa de regresar de Salamanca camino de Granada y me atacaron las fiebres del pantano, aquellas que me atacarían más tarde en mi búsqueda del lago desaparecido, fue así como en medio de un gran delirio me levanté, ensillé mi cabalgadura, no quise mirar su cara por lo que sabía que se reiría o al menos sonreiría de así como quien no quiere la cosa, y salí rumbo a ella.

En medio del camino y mi delirio, al llegar al cruce, al montoncito que indicaba que por ahí ya había pasado, a tres pasos bajo el olivo me esperaban un trozo de pan para calmar mi estómago hambriento, un vaso de agua para mojar mis labios, para refrescar mi frente ardiendo, para mojar mis deseos, pero no para aplacar la fiebre, el cántaro de greda prisionero girando en la rueda de madera amarrados sus brazos por las lianas, amarrada su cintura a mis labios y su destino al río, y dos dados para jugar la dirección del sueño.

Los agarré de mi mano vacía, los besé de mis labios sedientos, los mojé con las lágrimas de despecho que se derramaban del primer cántaro, los brillé con la raída tela con que cubría mis desvergüenzas, los escupí para que no rebotaran en la roca plateada. Haciendo trampa por primera vez en mi vida, los escupí con disimulo por la cara de ella, lo que me hizo ganar, ¡al fin ganar!, pero ganar el camino que me alejaba de Aguas Santas.

Al llegar al borde de la inmensidad ya había partido la mía, la que navegó en mis sueños, aquella que comandara en la tormenta de mis noches y en el horizonte, sobre el mástil me hacía adiós de mano llena de vientos, y sin embargo llegué a tiempo, por lo que no era la mía. ¡Oh!, no lo sabría hasta mucho después, hasta aquella noche en que me tropezara con el mástil solitario navegando por los caminos de la inmensidad, conversando con los peces de plata, contando historias a las ballenas, agrandando su navío, pobre y orgulloso mástil en cuya corteza estaba grabada la historia de aquellos que llegaron a destiempo, aquellos que me dijeron adiós de burla y cuyos nombres fueron borrados de la historia, pero no del mástil fantasma.

Yo, que llegué a tiempo y no lo sabía, abandoné el borde de esas aguas y con mi tristeza a cuestas partí rumbo a la colina de donde saliera el primero para preguntarle, subí sus laderas para impregnar mi desgraciada suerte del aroma del que llega a tiempo, me perdí en sus caminos para empuñar en mi mano vacía el recuerdo del seno de la más bella, seguí el rastro guiado por mi vara y los presentimientos, ofrecí dos codornices, le pregunté al mar de nubes y al de olivos, y tampoco obtuve la respuesta.

No, no llegué de llegar, entienda, aquél día el noble tío se tiraba a la plebeya madre del porquería del porquerizo, buenas piernas tenía, buen ritmo tenía, buenos senos tenía, tristeza tenía por lo cual el porquería tampoco sería feliz.

Ese lunes el caballo sin jinete que recorría los campos de batalla en busca de su amo me encontraría tendido en un recodo del camino bajo el árbol que llora la ausencia, buenas piernas tenía, buen ritmo tenía, buena sonrisa tenía por lo cual yo tampoco sería feliz.

Y yo encontraría un recodo recorrido por el aroma que llega de lo lejos y estremece cual estremece el orgasmo de la mujer amada y en su seno me recostaría.

Y el caballo me sonreiría y durante un año vagaríamos por la nieve, por el borde del mar, por el borde de los pañuelos que cansados de decir adiós comenzaban a consolarse mientras ellos se consolaban en el recuerdo y ellas se consolaban en el futuro y yo desconsolado continuaba la búsqueda del paso leyendo los secretos en el fondo de las quillas, conversando con el cangrejo tuerto que viajaba pegado al timón sin pagar su parte de dolor, adivinando el rostro de aquellos que no regresaron, interrogando la primera y última pisada, la huella del primero y del último que lanzó al aire los huesos. El último, cuyo corazón fue desgarrado en la piedra cuando los dados desaparecieron en el aire para mala pata.

—¿La suya?

—La mía. No, no la suerte, la piedra, la piedra de mi sacrificio aquella que sabiendo dejaba el muro del monasterio para embarcarse en la aventura.

—Pesaba más que la bandeja con los cafés al finalizar el día, y pa' mí que la pata es la mía.

Cada nave que desaparecía en ella iba tallando uno de sus trece ángulos al ritmo de las tormentas, cada comandante dejaba su mirada grabada en una esquina, cada vela inflada por el viento se fijaba cual la última caricia de aquellos que saben que naufragó el amor, y el jugo de la vida de aquel que nunca conocimos la unía a otras piedras y otras esperanzas y grada a grada avanzaban hacia mí grabando en la cara escondida el paso, el camino que me conduciría a ella, la primera.

En una esquina el sol vacilaba, por la primera vez en su vida vacilaba y no se decidía a saltar de una piedra a otra, por primera vez midió el peligro y continuaría reinando la oscuridad si no lo hubiera ayudado de una buena patada donde te dije.

Durante años no me había sentido tan bien, mejor dicho desde aquel día en que por primera vez un olor desconocido recorrió las calles no me había sentido tan bien. La calma de las olas en los días en que el viento se esconde en las grutas del fondo del mar invadió mi mente, la brisa entró por mi ojo vacío para explotar en la sonrisa de las veintiséis cabalgaduras que galopaban en su fondo, entró en la lengua para traer el gusto del fruto prohibido, entró en la noche para vestir de colores la oscuridad, entró en un remolino de hojas que hacían el amor con las mariposas, en mi mano vacía para acariciarla, en mis oídos para liberarlos del llamado.

—¿Me convida un poco?

—No le serviría. La vida me enseñó que cada uno sueña en el color que le fuera designado, en el color que le es permitido por sus dioses, en el olor que lleva en su mano vacía, en el horizonte que es capaz de descubrir en el vacío.

—Yo también veo de un solo ojo.

Nunca llegué a la cima, cada vez que subía una grada venía una ola que recogía mis pisadas arrastrándolas hacia el mar llevándome sin que lo supiera, sin escapatoria, a mi nave, aquella que perdí cuando gentilmente lo dejé pasar.

Y si no era la primera, me pregunto por qué fue la primera que divisó mi madre cuando el viento se llevó la hoja que tapaba la ventana, que ocultaba la pobreza, que retenía la soledad, que guardaba el calor de la madera húmeda, que le permitía acariciarse en secreto el cuerpo para saber qué parte debía ofrecer primero para llevarlo al placer, la hoja de diario que anunciaba su embarque y tapaba la ventana no para que no entrara sino para que no saliera.

Y si la vio fue por casualidad ya que el viento de tormenta los dispersó por los mares, por los ríos, los condujo cabalgando en el hambre al estómago de sus enemigos. A El Conde le regaló un hambre tal que llevó a su propio estómago a conversar con su compadre, a Felipillo lo perdió hasta al medio de la selva y lo puso a correr conmigo, a ustedes los paseó por los frutos sin que supieran que sus piernas resbalaban en la pulpa, los paseó por las cañas sin calmar su sed ni arrancar sonido, los paseó por el sexo de nuestras hembras sin que arrancaran suspiros, los frotó con la semilla sin que dieran fruto, los bañó en el agua fresca del pozo y la sal ardió en sus heridas. Sin que se dieran cuenta, los paseó por la sonrisa de aquella que los esperaba, hizo que sus espadas hirieran mi espalda sin que por lo tanto encontraran el mapa, y si fue el primero no navegó en mi nave por lo que aún no me traía al mundo, además jamás viajaré en la misma nave que El Conde.

—No escupa p' al cielo que por certero que sea el tiro le vuelve a caer en el ojo, y por ello no vio quién iba al timón.

Quizás fue el hambre, no de dihueñes ya que ellos saltaban a mis bolsillos para bañarse en el jugo de las aceitunas, no de las avellanas que se dejaban poseer por mi lengua, o la sed, no la de agüita de boldo por lo que sus ramas se inclinaban al amanecer para acariciar mis labios, o el deseo, no de ella por lo que ella se inflamaba a mi contacto y comenzaba a oler y humedecerse en la raíz de la vida, o su vista, no la del espejo por lo que aún tenía mis dos ojos y miraba chueco. Quizás los dados estaban cargados o mejor dicho mi suerte ya estaba escrita en la espalda, ahí, en la esquinita, bajo el letrero del ramal o quizás sólo fue que al llegar tarde me adelanté a mi tiempo y quizás fui el..., no, sería muy bello, así que dando media vuelta me alejé de la primera para subir en mi tren llevando en mi corazón la sensación de conocer el secreto mientras ella sonriendo me llamaba.

Uno a uno fueron llegando a puerto en ese delicioso segundo en que el cuerpo descansa mientras los ojos despiertos viajan por los caminos secretos a la cabeza de las naves. A la del medio, la principal, trayendo con nosotros los fantasmas, llegaron los primeros que desaparecieron, aquellos con los que reímos mientras jugando evitábamos las espadas de nuestros enemigos, madera y piedra unidas en contra nuestra, madera y piedra unidas para poner fin a la pesadilla, nuestro ojo despierto en la cuenca vacía recorriendo erguido y orgulloso las piernas de su madre, el cuerpo descansando mientras el corazón viaja de la oscuridad al rayo al recorrer cada uno de los cuartos de la pirámide en donde en el que daba lumbre reinaba la amistad y en el que se extinguía reinaba la traición, el estómago viajando de uno a otro naufragio escogiendo presa, viajando la espada de noble mano y tierno seno a plebeya y seca presa, viajando el timón de la mano vacía a la mano llena de El Conde desapareciendo el paso en la bruma, desapareciendo el agua en la fuente eterna, desapareciendo el oro

184

que nos acompañaba en esa hora en el filo de seiscientas hachas que brillaron de esperanza y se ennegrecieron por lo que no conocieron sangre, seiscientas que arrojaron los primeros que llegaron a puerto en el quinto muro y que olvidaron hasta que Felipillo y su compadre y superior las desenterraron el día que construyeron el fuerte, momento que aproveché para zarpar.

—En punta de pie, si mi memoria no me traiciona.

En punta de pie, si no nuevamente me cercarían al igual que me cercaron en los bosques salvajes cuando las tropas del general agitaron la red sobre el camino, en punta de pie, pero haciendo ruido por lo que el día antes atravesé las calles empedradas llevando el olor como estandarte, una pluma volando en mi frente, el sexo erguido jugueteando entre sus piernas, mis labios jugueteando entre sus labios, su mano jugueteando con el mástil, mi mano atrofiada jugueteando en su trasero, cojeando de ambas piernas y desfilé de dejar huella, grada arriba, cántaro al hombro, arrastrando mis navíos.

La noche se levantó de espesa neblina protegiendo mi camino al esconder las velas de los seis navíos, seis que logré no se dieran cuenta de que ya habían naufragado y que la diosa que hundía sus senos en el mar desde la proa me había entregado su lengua y su amor en otro viaje, ella, la amante de aquel que desembarqué sin saberlo en la tierra del amor, aquel que al lamerla de solitaria lengua le transmitió el sabor de la tierra poseída, el sabor del agua de la fuente que acaricia la semilla, los recuerdos que se desvanecen en el recodo del camino, los sollozos de niño abandonado, su odio por mí, a quien nunca conoció.

En el muelle ellas, la única, agarraban las velas de manos deseosas quemadas por el esperma escapando entre sus dedos, a él lo sacaron en andas vestida su cabeza yelmo de oro para no escuchar los reproches y el barco del que me seguía luchaba en vano contra los vientos que lo arrastraban al pasado pues por una vez ella, la tierra, me protegía, mi tierra que subía del fondo del mar para impedirles avanzar. Cómplice, el reflejo de la luna les mostró el camino hacia el abismo, hacia el fin del mundo y fue así como sumergidos en su miedo pasaron.

—¿Eran once?

—No, eran seis, seis los que conocían el abismo, para los otros cinco fue su primer viaje y al igual que los primeros viajeros desaparecieron en la tormenta, ellos desaparecerían en el humo tras el farol rojo.

Cada paso dado desaparecía, cada desembocadura ya visitada desaparecía, cada gruta poblada por los que desaparecieron desaparecía ante mis ojos, tras los boldos se escondía su sonrisa y al correr tras ella vino a saludarme un perro, lejano conocido que fuera abandonado en mi memoria tras el naufragio de su amo y respetada su vida por lo que corría más rápido que el viento tras los conejos que despavoridos caían de las hojas del calendario al ver las naves gigantes que en llamas se mecían sobre el mar, aturdidos sus oídos por el retumbar sobre sus espaldas de los cascos del semental a quien le negaron hembra, quemada su piel por el ardiente resoplido del dios que, riendo de la broma, poseyó a aquella que se escondía tras el boldo, despavoridos sus ojos al ver el casco.

Más allá de la neblina apareció nuevamente el camino, el sueño recobró vida y las velas nuevamente se hincharon al viento, la inmensidad nos abría una vez más sus brazos mientras las aguas descendían violentamente por las gradas lavando nuestras espadas, lavando nuestras piernas, regando la semilla.

—¡Bárbaros! —se decía Moctezuma empinándose sobre la grada para observar mejor a los dioses que descendían de las naves sobre las aguas plateadas del pensamiento—. —¡Bárbaros! —repetía observando a aquel que descendió primero montado en el mástil y que devorara a quince de sus compañeros a medida que el tiempo pasaba y su hambre insatisfecha crecía, y si no se devoró a sí mismo fue de miedo de quedarse solo como aquel que fuera abandonado en el primer viaje y reía solitario observando el camino por el cual desaparecieron los primeros que descubrieron el camino.

Los devoró de hambre, no de amor, no de respeto, no de haberlos derrotado en combate, no en acción de gracias a aquél que le enviara la larga noche y el hambre, no para darle fuerzas para continuar su paseo por el firmamento y la vida, no, de pura hambre, —¡bárbaros! —se repetía moviendo la cabeza y sin poder comprender, dado que a su hambre añadía extraños e incomprensibles sonidos y hubo que alimentarlo de las lenguas de sus enemigos, nuestra lengua, para que al fin pudiera explicar el porqué los devoró de hambre y no de amor. —¡Bárbaro, por fin podré leer los planos! —exclamó Cortés cuando lo recogió en la playa lamentando solamente que su compañera se le hubiera escapado.

A nosotros también nos llamaron bárbaros, a nosotros los de tercera, los que viajamos en el último vagón, a usted por perder el camino, a mí por perder a mi padre y a ambos por perder la espada, y mi madre cuando lo vio por primera vez también exclamó: —¡bárbaro!— al igual que los de su historia, solamente que añadió —¡Dios se lo bendiga—...! mientras mi padre, la mano al viento, bajaba llamado por el deseo y la maldición.

Y claro, todo depende del cristal con que se mire, como decía el que se bebió el agüita de boldo. No, quien se equivocó fue el otro no yo, fue él quien se tomó el agüita de cicuta creyendo que era de boldo y se murió. Lo sé, lo hizo por amor a ellos, pensándolo bien quizás yo también debí tomarla antes de dejarme separar de mis boldos.

—¿Cómo? ¿Usted se trajo una hojita? Por favor, déjeme olerla, por favor. Pero se equivocó, compadre, es de litre.

De seguro que si me duermo me la roba, por lo hermosa, suave, sedosa, esbelta y brillante que es en la noche y uno nunca sabe quién ara el campo de al lado, y esta vez si la semilla no da fruto de seguro que con ella sí me aceptan. Y se mueve como mi deseo se mueve, como si escuchara las palabras del pregonero anunciando las riquezas escondidas en los muros de la primera.

Una mano vacía se necesita decía, una mano vacía y ella. Y a ella no la tenía hasta que pasó galopando al viento y me la dejó por lo que le indiqué el camino, no el bueno, el otro, el que lo alejaría de ella y lo llevaría hacia Granada.

—¡Eh! ya perdió la efe y cuando se pierde la efe luego se pierde la otra, y de puta, sí, pero de una, y recuerde que fui yo quien le contó quién era mi madre.

Encerrado en los miedos de su infancia Felipillo vigilaba el camino que cercara el último miedo, aquél que conociera en mis ojos el día en que lo conocí más allá del dolor, más allá de la mirada sorprendida de aquel que descubre a través de la venda una hilera de amarillentos y cariados dientes que comienzan a devorarlo.

Encerrado en las pretensiones de su niñez y los cuentos de su abuelo se sintió protegido por el brillar del sol y el sonido de las plumas mecidas por el viento, y despreciando protección, avanzó de círculos en la plaza triangular, tantas veces recorrida, para impregnarse de los perfumes de la tierra, para acariciar los frutos de la selva, del mar, de las mesetas, del desierto y del oasis, los frutos de la tierra, del agua y del viento, los sabores desaparecidos en el dihueñe, para seleccionar entre todas a aquella que esa noche ocuparía la cabeza del imperio llenándola de sueños y locuras. Encerrado en su calidad de pobre dios, avanzó orgulloso hacia mi boca dorada adornada de sonrisa eterna, vieja eterna que habitaba doce casas cabalgando de una a otra en los conejos.

Encerrada en la piedra inmóvil la serpiente continuaba bajando la pirámide para enterrarme los colmillos y proteger mi sueño en el olvido, para unir el tiempo en el grito, para protegerme del dolor en la muerte.

Encerrado en el cuarto día de la larga noche vacilaba entre tomar el camino hacia el poniente o hacia el levante y como mi padre se había ausentado del firmamento para ir a poseer la luna mi elección no fue la buena.

Encerrados en el reloj que coronaba el hall de la estación central mi compadre y yo observábamos el paso de los nuestros encerrados en su prisa, y nosotros encerrados en nuestra vergüenza de existir nos hacíamos más pequeños y saludábamos de distancia, de ojos, de mano vacía para que los otros creyeran que nosotros sí teníamos a quien saludar y no solamente sonreíamos torpemente cuando partíamos de sueño los días en que los que caminaban de paso tras nuestras huellas no invadían nuestro territorio y nos revisaban brazos en alto, piernas abiertas, sus manos manoseando nuestros sexos, sus botas botaseando nuestros cuerpos, su aliento ensuciando nuestros cuellos, el viento helado deslizándose por los huecos para herir nuestra piel, nuestro orgullo arrojado por el suelo del enorme hall de la estación central para que los viajeros lo pisaran. Lo sé, no se dieron cuenta, a decir verdad nunca se dan cuenta y cuando se dan cuenta pisan más fuerte por lo que nuestro orgullo arrojado al suelo crece.

—A mí me tocó uno que tenía las botas agujereadas y mi orgullo como que le hizo cosquillas en las patas, y más se enojaba el huevón. ¡Uyyyy!, nunca había visto un gallo tan enojado, y el jetón de mi orgullo no me hacía caso y dale con hacerle cosquillas, ¡putas que soy quemao!, después me costó como cuatro días de la larga noche el levantarlo de nuevo y todavía sigue como que caminando chueco, como que en círculos. Bueno, eso le pasa por huevón, ¡pa' que aprenda!

Mi orgullo en cambio se arrastró por los palacios mendigando un papelito que dijera que no era bastardo sino un hijo de padre y madre, que mi palo grabado era el verdadero, que la vi de mi único ojo antes de que desapareciera en la niebla del espejo, y por lo tanto me pertenecía, y claro como no sabía leer siempre guardé el papelito sin atreverme a preguntar, sin mostrar mis sentimientos, sin que nadie, salvo usted hoy día, supiera de la terrible duda que atormenta mi espíritu, y como que todavía camino tras ella dando círculos, buscándola en los primeros, buscándola en los últimos, buscándola en mis escalofríos, en sus bolsillos secretos, compadre.

Sí, pero esa es mía y la guardo en mi corazón rebotando en la pirámide para que no se la roben, casi como al comienzo del juego, pero sabiendo que esta vez tiene que pasar por el ojo suspendido en la piedra.

Y yo que la busqué durante años junto a mis trece compañeros, perdiéndome en la bruma que nos traía el reflejo de la arena entregándose al agua, perdiéndome en la tierra que desaparecía bajo nuestros pies hundiéndose en el agua, perdiéndome en los bosques, mis bosques salvajes que conversaban con las nubes, que acariciaban las gradas perdidas en las copas de los árboles, los bosques que con sus raíces protegían los amores de aquellos que sospechan que saben amar, los bosques que repetían por la eternidad las risas de aquellos que perdiéndose en su interior competían con el cóndor, perdiéndome al pie de las grandes montañas que bloqueaban el paso a los recuerdos y hacían llorar de negros sollozos nuestro ojo y reían de burlón blanco en sus cimas, perdiéndome en la hoja y en el rocío, perdiéndome en mis deseos, en sus deseos, resbalando en la búsqueda y sin embargo continuando la marcha sobre nuestro pasado hacia nuestro futuro.

Ellas, la única, de trece voces nos llamaba, desde el fogón apagado en espera de lumbre nos llamaba, desde el recuerdo que se alejaba de ella, la primera que esperó, nos llamaba, y sus trece voces nos daban fuerza y alimentaban nuestros sueños por lo que cada uno de nosotros sabía que le pertenecía, ¡pobres e ingenuos mis trece compañeros!, pobre e ingenuo de mí que seguía tras ella mientras a lo lejos riendo se alejaba un chancho seguido de un enfangado yelmo, y sin embargo, estaba seguro de poseerla, no de vencedor, no, simplemente de llegar.

Y llegué, bueno, llegamos, no, no a ella, a otra, la primera que cuidaba el paso hacia la primera, hacia el lago sagrado, a la primera de las gradas grabadas en tu pecho.

Sin darnos cuenta poseímos el primero de los signos, la columna de fuego que unía los calendarios, sin darnos cuenta de temor abrimos la primera de las puertas, temblando del temblor que nos poseyó la noche de la tormenta en que naufragó la primera de las naves nos pusimos el yelmo, yelmo de acero, yelmo de espuma y despedida, el yelmo que grabáramos en tu piel para no desaparecer en el tiempo, y sin embargo...

La piedra apareció ante nuestros ojos, el exterior grabado por las cicatrices de los que en ella se perdieron, el interior guardando el calor de los amores de aquellas que murieron esperando y los vientos helados de aquellos que tuvieron y ya no tienen a quien esperar, conservando el olor de las plantas que curaban las heridas y hacían sangrar la razón, de las flores que adornaban el cuerpo antes de ser servido, de los pétalos que protegidos por las mariposas recogían el mensaje de adiós para llevarlo por los montes hasta ella, que esperaba al borde del lago, tejiendo la barca que atravesaría las aguas del recuerdo para desaparecer en el olvido.

Trece ángulos tenía el círculo del miedo, trece más una salida hacia la vida o quizás una entrada hacia la muerte, trece veces nos interrogamos sobre si atacar o no, sobre si entrar en ella en busca del próximo escalón, el de la huella, o si dar media vuelta y desaparecer en la neblina devorados por la espuma y el temor hasta que, ¡insensato Felipillo!, desenvainó la espada, pulió de sueños la oxidada armadura, herró de plata las cuatro patas de cabalgadura, unió su sonrisa a la del equino y avanzó, ¡por Santiago y La del Pozo! sin saber que comenzaba a pisar por camino errado. —Si desaparezco —dijo— ustedes tendrán otra posibilidad de ser el primero, si la conquisto compartiremos la gloria de haber llegado, si muero pido que mi nombre sea grabado sobre la roca para que mi recuerdo sobreviva al tiempo de la desgracia y sirva de aviso al hijo que nunca conocí.

Pobre e ingenuo Felipillo no sabía que la cantera desaparecería llevada por el viento, que de todas formas la piedra me pertenecía y que al pisotearme se pisoteaba él, el penúltimo que le levantó las velas a la Marigalante.

Al dar el primer paso, por una vez sintió que pisaba de huella y ganó, ganó por sorpresa, por lo que todos nos quedamos observando los dados, su mano vacía, brillante espada cortando el viento, su cuerpo, brillante acero más plateado aún que nuestras brillantes vestimentas, y en su cabeza, el casco, el mismo que perdiéramos de manos de aquel que parado en el mástil nos protegió de la tormenta sacándonos del camino de los hombres para llegar a ella.

Caminando de paso llegó hasta el centro del hall y se sentó, comensal ilustre, en la mesa de los elegidos. El hambre de su estómago fue saciada por los manjares no devorados en su infancia servidos esta vez en platos de oro y plata, su sed, calmada por el agua miel salida de la fuente de esmeraldas servida en el cáliz del copihue, su cabeza, protegida por árboles tallados en la piedra de la cantera, y su sueño descansó por primera vez en la caricia sin que le pidieran el boleto.

La tierra abrió sus piernas y preñada por un pelo de la barba dio nacimiento a un árbol gigante, amigo que daba sombra y acariciaba el pensamiento de los seres solitarios que cruzaban el lejano puerto de Los Boldos.

Y a veces, en los meses de verano, también nos acariciaba la brisa y nos traía el olor de la primera, y nuestro ojo se perdía en la lejanía mientras la serpiente de plumas se enroscaba en el recuerdo y subía una grada abriendo el camino hacia la cordillera, el camino por donde esperaba llegarían los tanques a velas a salvarnos de la vida. —¡No sea pelotudo Felipillo! —resonó cual un trueno el grito en sus oídos, y humillado retiró suavemente su pisar de huella, pese a todo sonriendo por lo que, sin que nadie se diera cuenta, por primera vez pisó de huella.

La huella depositada por mi pie no se borraba pese a que fuera lavada por el sudor, por las lluvias, por el salpicar de las olas y desmanchada en sangre. Y nada, la huella me seguía como una maldición en el ahogarse y en el morir de sed, y despeñándose por los desfiladeros y senderos escondidos de la vista de los hombres resonaba: —¡Dios te maldiga...! perdiéndose en el abismo cual una declaración de amor por ella.

—Es decir no servía de nada, pero aliviaba el corazón.

Aliviaba el corazón, pero no la carga por cuanto cargaba con el honor de todos, con nuestra esperanza, la de los trece que lo seguimos en la aventura, que creímos poseía el mapa, que creímos, por lo que calmó su sed de gigante solamente después de que calmamos la nuestra, que creímos por lo que eran tiempos en que era necesario creer para encontrar el ramal perdido y sin quererlo agrandar la tierra haciendo aparecer una sonrisa por lo que eran tiempos en que lo imposible, por imposible, parecía a nuestro alcance.

Eso es lo que se creían por lo que en la piel no se leía nada, sí, se leía, sólo que se volvió invisible hasta el día en que nuevamente irá apareciendo poco a poco, al mismo ritmo en que las aguas regresarán del corazón de los ahogados para ahogarnos.

Él, haciendo equilibrio en una sola pierna y yo mirando de un solo ojo, entramos en la batalla por poseerla, él, el sacerdote de mi religión, yo, el hijo de su dios y destructor de mi padre, él, la honda liberadora en una mano y en la otra el puñal del sacrificio, yo, la espada en mi mano vacía y en la otra el recuerdo de la mano, ambos deseando en el pensamiento el triunfo del otro para alcanzar así nuestro triunfo en la muerte.

El viento se abrió en mi memoria, el río suspendió su viaje hacia la eternidad, el cóndor cerró su ojo, la hojita vibró apasionada y se liberó en el agüita, el sol observó desde su escondite, usted cerró los dos ojos, él abrió el suyo y eso me indicó el camino, retrocedí sobre mis pasos para tomar impulso, avancé veloz como una flecha, evité el árbol, lancé, y le abollé el casco.

Entienda, no fue por lo que negociara primero con el primero vendiéndonos a los segundos en provecho del primero, no fue por lo que llegara segundo en su segundo salto porque yo ya sabía que desde niño temió saltar por sobre el pozo, no fue por lo que se riera de la vieja eterna ya que yo también me reía de ella en mi temor. No, no fue por nada de eso, fue por pura buena suerte ya que yo tampoco nunca había llegado primero.

Lo sé, buena suerte para él, mala pata para mí, como de costumbre, toda mi vida ha sido lo mismo, si hasta los gatos negros evitan mi compañía, sobre todo las noches de martes trece, y como que me está dando la impresión de que mi calendario se detuvo en ese día.

Cuatro días agonizó, cuatro días de la larga noche y no de su calendario por lo que lo sorprendí invadiendo el mío, cuatro días en los que en castigo invadí sus recuerdos para poseer a la más bella antes que usted, antes que yo, antes que mi padre, y así engendrarme.

A decir verdad me descuidé por lo que quise salvarlo, fue por ello que descargué mi honor antes que el golpe y si abrí mi ojo fue de sorpresa por lo que se me apareció el comienzo del camino.

Su resistencia me sorprendió y al amanecer de la quinta noche, por compasión, me acerqué y mojé su frente con el agua del río cuyo nombre nunca supo y en el cual todos navegamos, por necesidad más que por hambre me acerqué para devorar su corazón y recuperar la piedra de la cantera, por amor más que por deseo tomé con mi recuerdo un pelo de su barba para ofrecer a mi mamá-madre, y fue al ver su cara que comprendí, y para saber si era el mismo que me perseguía desde mi infancia le pregunté si le dolía.

—Sí, clamó.

—¿Dónde? —supliqué.

—Aquí, en mi orgullo —respondió.

Así murió dejándome en la duda quien me hiciera resbalar de dos escalones por las gradas, tanta fue la sangre derramada en un juego cuyas reglas nunca dominé, y no es que la sangre supiera mal, quizás por eso me ganó, por eso y por lo que yo tampoco sabía saltar.

—¿Puedo ver el papelito? No, el mapa lo conozco de memoria, el papelito. Me gustaría saber qué le escribieron. ¿A cambio de la primera carta? Usted perdone pero es que no la encuentro.

El primero de los hechiceros se me apareció caminando pie desnudo sobre las flores, sobre las nubes, sobre mis pasos para marcarlos de sus pasos. Para convencerme se quemó vivo ante nuestros ojos, todos miramos aterrorizados, impresionados de ver tanto desperdicio y para que todo no se perdiera en este mundo agarramos con presteza a su acompañante, lo pusimos sobre la parrilla y gozosos repetíamos con él en su tristeza, —¡Dios te maldiga...!

—Debe ser que se equivocó de tiempo y se acercaba la hora de almuerzo, yo conocí a una que...

—Siempre se aprende algo —se decía el otro, el que por primera vez me siguiera atravesando mi propio calendario, mientras con presteza recogía una ramita de perejil para mejorar el sabor y la imagen, antes de continuar su persecución por los bosques salvajes. —¡Y que conste! —gritaba— no lo hago por maldad dado que en el fondo es un favor el que le hago ya que todos estamos destinados a la muerte y aquellos que murieron pueden atestiguarlo y usted solamente me precederá de algunos días en la tumba. No, no lo hago para castigarlo, sino para premiar a los buenos, por eso me obedecen porque saben que a los que me desobedezcan tengo la intención de borrar su memoria hasta de la sonrisa de la vieja eterna para que no haya más traza de su paso sobre la tierra!

—¡Espere!

—A decir verdad yo nunca fui muy versado en lenguaje de militares, y como de costumbre, no entendí nada, lo que hizo que sorprendido en mi pensamiento bajara la velocidad para ver si se expresaban en ideogramas o en chanchogramas. En realidad no tenía miedo de la muerte, entienda, no es que sea valiente, y usted lo sabe, si hasta al tocar la taza con mis labios me da miedo de quemarme, si desde antes de nacer me invadió el miedo y ahora de lo que tenía miedo era de desaparecer de la historia y por eso es que perdí el camino.

—La lógica, le faltó la lógica compadre, la cachativa, por eso es que está aquí, le pasó lo mismo que aquella vez que nos embarcamos por primera vez y nos perdimos, como que las olas borraban nuestras pisadas pero como que la espuma las guardaba y las sonrisas aparecían en medio de la tormenta y el temor se alejaba, no el primero por lo que ese jamás desaparece, el último, y hasta el capitán de la nave que desapareció en la madrugada las alcanzó con su mano vacía si hasta parecía que esta vez se quedarían para siempre aunque fuera grabadas en el recuerdo, aunque fuera grabadas chiquititas en una esquina perdida en la piel de la billetera. Y como me interrumpió, sepa que le iba a comunicar a usted que a su madre también se la comieron, despacito se la comieron, jugosita se la comieron, a caricias se la comieron, abriendo lentamente sus piernas para gozar el paso se la comieron, como la breva madura exhalando aromas y raspando la lengua se la comieron. El cometa iluminó por tercera vez la noche para ir a morir en la madrugada suspendido sobre el lago, el pueblo lloraba a voces en ese silencio que precede a las grandes desgracias, al fin de un mundo o al nacimiento de otro, mientras los adivinos, sacerdotes, hechiceros y adivinadores que no adivinaron rogaban a gritos a Moctezuma les permitiera morir de muerte rápida y no morir como yo en espera de la muerte. Yo siempre me lo pregunté.

—¿Lo de la muerte?

—No, lo de las desgracias, si las grandes desgracias no las hacen para que nos olvidemos de las pequeñas.

—No es cierto, todavía vive.

—Sí, vive, pero eso no significa que no se la comieran y ahí fue que comenzó el tiempo de la desgracia, la espera para pasar el tiempo del desconsuelo, la espera del esperar.

—Yo en cambio estoy seguro de que llegará el día en que tirará el cordelito y al fin conoceré a mi padre y el pedazo de mapa que me falta.

—¿Nunca le hablé de Felipillo? Rájese con otro cafecito y le contaré lo que esperaba, vaya, yo lo espero aquí. No, de verdad, no como usted con la primera carta. No se preocupe que lo espero, además, le voy a confesar un secreto, pero que quede entre los dos, no tengo a dónde ir.

—¿Que cómo lo sabía?, puchas que tiene la memoria frágil, cumpa. No, no se me achunche, pa' mí que todos ustedes son así y cuando no son así como que se hacen que son así pa 'ser un poco más así, ¿ah? Yo entiendo, a mí me pasa lo mismo, sonrío cada vez que atiendo a los huevones y como que yo no existo, ni siquiera me olorosan y yo me siento como un poco huevón con la sonrisa así como crispá y nunca sé qué hacer. Un día de estos se me sale el indio y pa' que vean que estoy aquí me voy a tirar un buen... Bueno, mientras vuelvo péguele una miradita al diario que cuando lo termine de leer se lo voy a pedir prestao pa' tapar un huequito de la ventana.

Me encontré vagando por el bosque donde moraban los muertos en espera de encontrar el camino, me refiero a morar de estar no de vivir ya que pese a que treparon a las montañas y desaparecieron en las nubes no por ello sus tribulaciones desaparecieron y al igual que uno continuaban buscando, al igual que uno se escondían en los rincones escondidos del miedo esperando a que tras un boldo apareciera la vieja eterna y esta vez los matara de matar, a ellos por dormirse bajo el árbol, a mí por pajarón. Y fue solamente al verla que me di cuenta de que estaba en el bosque equivocado y que el camino deseado no era el mismo, no así el deseo.

El frío nos azotaba de todos lados. Cabalgando sobre el viento de la cordillera se precipitaba a golpear nuestras armaduras vistiéndolas de campanadas de ausencia, haciéndolas resonar de campanadas llamadoras de amores muertos, de campanadas llamadoras de recuerdos que se disolvían en las llanuras, camino del borde del mar, ya olvidado el porqué se comenzó a caminar, si fue por el techo de una casa, por las piernas sudorosas de la primera, por un deslizar sobre su seno, por la lengua en el pezón, si no fue simplemente por la necesidad de caminar por lo que el cuerpo quedaba estrecho y dolía. Saltando por sobre las gradas el viento corría desde el mar trayéndonos la humedad y el mensaje ardiente de los primeros rogándonos que fuéramos al encuentro del cangrejo tuerto. Saltando desde las nubes aplastaba nuestro deseo y saltando de la gruta escondida en la tierra agitaba el mástil por sobre los litres que invadían el bosque cercando sus fronteras, extendiendo sus ramas para agarrarme.

En el medio del bosque, coqueteándome tras un litre gigantesco se encontraba ella, aquella a la que enviara los más nobles para servirle de escolta y éstos no me la trajeron perdiendo sus cabezas de noble gesto, aquella a la que enviara mis esclavos, tristes guerreros que perdieron la primera batalla y fueron derrotados en la búsqueda perdiendo sus pisadas y la sonrisa, aquella que enviara a buscar por los adivinos y estos no adivinaron sus deseos perdiéndose la profecía en medio de los tormentos, aquella que pesaba en mi sueño y que no lograra levantar al levantar el día perdiendo su caricia. Al escucharla comprendí que era la primera, mi piel recorrió su superficie ya poseída reconociendo cada rugosidad, cada suavidad, cada curva, cada desafiante montaña, cada insinuante profundidad y reconociendo el centro donde descansaría el centro de la vida me estremecí sabiendo que terminaría vistiendo palmo a palmo su cuerpo con mis labios y mi piel, poseyendo su cuerpo de ella, la primera y la última, ella, la piedra de mi sacrificio.

Y mi piel solitaria sonrió de lágrimas ante la ingenuidad de aquella que orgullosa repetía: llegaste tarde a reencontrarme a mí y a tu destino, jamás me llevarás en nuevo viaje, me desplazaré solamente en el momento en que lo decida libremente con el viento para subir a lo alto de la pirámide y traicionarte en el abrazo y no habrá fuerza humana o divina que me desplace de un pensamiento, de un pétalo, de un paso de cuatro si no lo deseo.

Ingenua y arrogante piedra en cuya superficie comenzaba a grabarse el mapa de mi espalda, en cuyo interior comenzaba a crecer el río, en cuya base se prolongaba la cantera y yo arrastrándola de mi mano vacía hacia el puente, el primero, el mismo en que me hundiera al intentar cruzar las aguas plateadas del lago, el puente que la conducía hacia la cuarta grada, hacia su muerte, mi muerte.

—¡Jamás! —me gritó, antes de hundirse de la vista de los míos en las aguas del sagrado atravesada por el tronco del más sagrado, y el lago se salió de madre recorriendo hasta el último rincón del bosque, aquel en el que me escondía para llevarme su mensaje.

—¡Jamás! —me repitieron las olas y la espuma bañó mis pies y deshizo el nudo que amarraba mis sandalias para llevarme meciendo hacia la cuarta grada, el seno de la muerte.

—¡Jamás! —grité, escapando al abrazo de mi pesadilla, pobre e ingenuo de mí, sin saber que corría hacia sus afilados brazos la espada arrancando mi piel mientras a mi vez ordenaba arrancar la piel de otros para vestirme de gala en su honor arrojando los despojos de los cuerpos despojados de mis compañeros al lago para que me trajeran en los sueños noticias de ella, la primera.

Uno tras otro se presentaron a medida que su piel podrida desaparecía en el camino o quedaba colgando de los espinos para indicar a otros que existieron, uno tras otros caían nuevamente decapitados para partir llorando hacia el olvido por lo que no lograron ubicarla para preguntarle si el jamás hoy día, por ser lunes, cambiaría.

—Es martes. Nuevamente viaja por el calendario equivocado, así que, ¡qué la va a encontrar!

Desesperado tomé en mi mano vacía la séptima cabeza y me fui sonriendo a arrojarla a la cantera, jamás, se escuchó cuando ésta se estrelló contra la piedra.

¡Jamás! —exclamó la isla desapareciendo de los ojos del navegante solitario tras una indiscreta nubecilla.

—¡Jamás! —exclamó la más bella cuando quise retirarlo para partir tras ella, la primera.

—¡Jamás! —exclamó Felipillo cuando los miedos lo atacaron por sorpresa.

—¡Jamás! volveré a ser testigo del amor, ni de los míos ni de los otros —exclamó Sempronio vaciándose un ojo de presto movimiento.

—¡Jamás! —exclamó el cangrejo tuerto al mástil cuando cansado quiso hundirse en la inmensidad.

—¡Jamás! —exclamó el gobernador cuando terminó de hundirse de desesperación agarrado a un solitario mástil que vagaba en los pantanos.

—¡Jamás! —exclamó la gobernadora cuando el consolador quiso declararla consolada.

—¡Jamás! —exclamó Cabeza cuando al extender sus manos por primera vez se preguntó si resultaría.

—¡Jamás! —exclamó Moctezuma, inclinando por primera vez con humildad su corona para llevar hasta sus labios y comer la tierra en que habría de morir.

—¡Jamás! —exclamó mi piel dejándose poseer por los recuerdos y calmar su fiebre por el agüita derramada por el cántaro, prisionero olvidado de la rueda que giraba rozando el río escondido entre las lianas.

—¡Jamás! —exclamó mi puerto de Los Boldos cuando encadenado me embarcaron alejándome para siempre de sus aguas y mis sueños.

—¡Jamás! —exclamó mi madre, cuando un cliente tiraba el cordelito!

Yo jamás exclamaré jamás, se decía Chavalillo, por lo que estoy seguro de que algún día la alcanzaré y podré comprar mi pasaje.

Al cabo de tanta búsqueda Pánfilo logró encontrar la más secreta de las piezas disimuladas en la séptima cabeza, abrió la puerta de la cámara del miedo y yo bajé una grada para saltar. En su interior se encontraban las vírgenes revolcándose en mis deseos, las joyas revolcándose en mis ambiciones, las plumas vistiéndose de gala para saltar a su encuentro, la serpiente arrastrándose por la pirámide lista para conducirnos a cada extremo del puente y el jaguar, el más feroz de los guardianes, riendo le contaba al cóndor cómo una vez me había perdido en los salvajes bosques aquel día en que se deslizó en la nave principal allá donde la piedra besa el mar para ir a correr tras de mis huellas indicando sin quererlo el camino al porquerizo haciendo aparecer las columnas que guardaban el paso al barrer el polvo de mis antepasados.

La serpiente a plumas sonreía de todos sus dientes pero de un solo ojo al ver que me servían más por temor que por respeto y yo le guiñé mi ojo cuando desapareció en la sombra del cuarto día corriendo tras los veintiséis caballeros, veintiséis de los cuales uno le pisaba la cola.

Ambos recogimos champiñones, yo los verdes venidos de las profundidades de la tierra y que trajeran a mis manos las aguas de la fuente eterna, él los negros, negros como la noche que nos invadía y que llevaran a su mano mis espías blancos de temor como el temor que invadía la espada que perdió en mis sueños, ácidos como los celos los míos, dulces como la leche de mi madre los de él, perdieron sus mil colores los árboles en los míos, se pintaron de dorado en los suyos, la flor se deshojó en el mío y suspiró de muerte en el suyo, el olor ya no me sorprendió en los míos y asaltó por desconocido a los de él, la más bella abandonó los míos y los de él dejándonos el mástil erguido navegando en la soledad y ambos apretándolos de una sola mano recogimos sus jugos, yo en la punta de mi lanza, él en la punta de la espada y señalando hacia la más alta de las montañas, aquella que dominaba el fin del mundo, exclamamos al unísono: —Dios te maldiga... —! antes de buscar una víctima para descargar nuestra mala suerte.

Los champiñones verdes fueron a parar al estómago tembloroso de los viejos, los contrahechos, mudos y hechiceros que temerosos de mi reacción no me revelaron el significado, que me ocultaron su conversación con los dioses, que hundieron en sus ojos las naves que aparecían en mis sueños, que bañaron con sus aguas el yelmo, enanos y hechiceros que en venganza conduje a la piedra redonda para que al final volvieran a comenzar en mi piel hasta su muerte, hasta que ésta permitiera a mi cuerpo escaparse de su piel, riendo, riendo de lágrimas, yo, el guardián de la historia.

Los negros fueron a parar al estómago insaciable del timonel para que lo encontrara en el futuro, pero esto solamente lo sabía yo por lo que fui testigo de lo que vi y por que en aquella época ya sabía de la existencia del primer manuscrito.

El guardó la semilla en el zurrón como prueba de lo estéril de su historia, yo guardé su dios en el fundillo como prueba de lo inútil de un segundo viaje, ella guardó la lengua entre sus piernas sonriendo por primera vez, ella, la madre de la vieja eterna, ella, mi lengua que se mordía retorciéndose entre sus dientes.

Las olas tomaron de la mano al viento formando un círculo plateado que tocó la séptima cabeza grabando su imagen y mi sueño, la espuma tomó de la mano a la nubecilla formando un segundo círculo que tocó el primer ojo indicándole el camino, el boldo tomó de la mano a la avellana y se revolcaron en mi piel grabando de amores mi espalda.

Mojé la tierra de mis jugos y el amor se deslizaba por el vapor subiendo desde la gruta para ir a borrar la primera de las marcas del rostro de la semilla permitiendo que el deseo la poseyera desapareciendo en ese segundo la primera cabeza en el regazo de la más bella.

Las montañas se hundieron, las aguas se agitaron y las piedras se partieron en seis de dolor y de piedad al escuchar mi historia. Cansado de tanta crueldad hice venir los hechiceros de los más escondidos rincones del imperio y de voz les ordené que poblaran sus noches de malos sueños, a unos de quitárselos para impedirles soñar por vida, a otros de soñar de búsqueda para cansarlos, al que dio la orden de asesinar los nuestros en la danza quitárselo para impedirle soñar por muerte.

A partir de esa noche y por tres noches de la larga noche mis pesadillas poblaron las estrellas y la luna sacando chispas de horror en las primeras que corrían a esconderse en las profundidades del lago, manchando el rostro de la segunda tanto así que mi padre se negó a poseerla durante una semana. Un pie sin caballero venía por las madrugadas a patear su trasero, un ojo venía a habitar el hueco de aquel que los abandonara llenando su espíritu de horror al mirar hacia su alma en pena, cabezas de hombre bailaban sin pareja sobre las piedras del patio y las piedras abrazaban la primera levantándola por sobre el miedo, un caballo cabalgaba de risa pisoteando el sueño y mi madre gritaba al verlo partir y él gritaba al verla desaparecer en el camino, y todos gritaban al cielo ¡...! de grito silencioso.

Es evidente que era el signo por lo que cada vez que su espalda era tocada no podía arrancar el pensamiento y se veía obligado aún a riesgo de desgarrar el corazón a hacerlo atravesar su cuerpo, y de segurito que no salpicó con su sangre los cuatro puntos que rodean el círculo como lo indica la tradición. —Es casi seguro que estas visiones son de mal augurio —se dijo Felipillo para añadir: —esto me pasa por meterme donde nadie me manda, y deslizándose de sombra por un hueco del calendario fue a caer al puerto del hambre ante el regocijo de los estómagos hambrientos que comenzaron a cercarlo.

Había una sola manera de romper el cerco y El Conde lo comprendió, soltó el timón y la mano vacía comenzó a arrojar sobre la borda sus recuerdos, primero partió el grito de gozo que dio cuando vio a su madre antes de que lo engendraran.

—Fui yo quien la vio primero, no El Conde.

Perdón, primero partió la caricia de la más bella cuando con disimulo le tocó el mástil, seguida de cerca por el mástil grabado en la corteza su deseo, el cuerpo de plata que lo abrazara al contacto de la luna fue a caer sobre un pez que brillando se hundió de amor en las aguas del lago escondido, las fiebres del pantano los deslizó en la cama de la gobernadora sin consuelo y de una patada arrojó al mar al burlón caballo.

—¡Demonios!, con lo que valía un caballo que sonriera en aquellos tiempos. ¡Ojalá que supiera nadar, la noble bestia!

A aquellos que se negaron a abandonar el sueño y lo enriquecieron no de sueños sino de oro los arrastró la vieja eterna al comienzo de la pesadilla cuando hundí el puente bajo tu peso para llevarlos a perder las esperanzas, más que el camino, por lo que ya habían pisado sin saberlo mi primera huella, para verte desaparecer en el fondo de las olas de mi ojo liberando el sueño, para guiar tu mano vacía hacia la liana de la muerte y amarrar tu pensamiento, para arrebatártela como tú me arrebataste a la primera, ella, mi madre, la lengua.

En punta de pie abandoné tu palacio, mi palacio, cerré de nuevo muro la puerta secreta que me descubriste descubriendo tus antepasados, no el primero, no, solamente los pasados, me arrodillé ante ella y encomendé mi alma. La del Pozo y La del Socorro se quedaron esperando, la serpiente a plumas sonreía, entiéndame, uno nunca sabe, y amarrando la espada a mi mano vacía susurré a los míos: —¡por la mierda y la que quieran! —, antes de dar el primer paso huyendo de la oscuridad y de los gritos de la tierra que desaparecía bajo mis pies.

Dieciséis me hicieron caso y cargaron sobre sus espaldas un puñado del fruto y un cántaro de sangre seca. Uno recogió una esmeralda escondida en el corazón de su amada, el de más allá un suspiro de la que poseyó sin poseer, cuatro se disputaban a los dados un recuerdo, el timonel escrutaba el cielo para deshojar los treinta y dos rayos de la rosa de los vientos y en medio de una calma mortal poseerla, el penúltimo que embarcó remendaba sus vestidos para impedir que el viento salvaje se escapara de entre sus piernas, el primero bebía la saliva fermentada de la vieja eterna para ir a perderse en sus pensamientos y no pensar.

—Y yo escondía en mi piel una carta.

Lo que no le impidió hacerme caso y junto a los otros avanzar de un paso mientras yo subía las faldas de su madre para ir a refregar su trasero contra la Virgen del Socorro en el espejo de un baño hediondo en un vagón de tercera.

Y pensar que nunca logré entender la imagen reflejada en el espejo de plata que volaba en el pensamiento. Si no, hubiera labrado un par de dados en sus huesos y de seguro que jamás hubiera viajado en primera.

Setecientos en cambio no me hicieron caso y cargaron sus caballos con los muros, con los techos, con la piedra que hacía arder la sangre en la oscuridad, setecientos llenaron de sangre fresca el cántaro prisionero, de carne fresca su zurrón, de promesas el yelmo y se hundieron. Y al hacer la cuenta de los míos, me faltaba uno.

—¡Salvajes! —exclamó mi recuerdo adolorido corriendo de regreso hacia los míos. Los míos, aquellos que encontré cuando naufragáramos en las arenas doradas que devoraron a mis compañeros de infortunio, que devoraron mis esperanzas cuando serví de esclavo, que me devolvieron mis esperanzas cuando serví de amante, a los que serví de guía cuando me divinizaron a mí que partí en busca del olvido por lo que otro se comió la mía en mi ausencia y hoy corría de regreso como en una pesadilla mi pierna atravesada por la sonrisa afilada de su boca, yo, que me nombraran primo del cóndor destinándome a vigilar desde lo alto para guiarlos mejor en las batallas, que aprendí la lengua antes que el amor, que serví de intérprete al viento y a la vela para que se entendieran y que al primer desgarro me desgarraron y hoy corro mis orejas perforadas, mis mejillas grabadas con las lágrimas amargas de la semilla que no da fruto, avergonzado de los míos corro saltando sobre el puente tras los míos, mis tres hijos esperándome lanza en mano para atravesarme de sospechas, yo el lengua que enseñó la lengua a la lengua del enano que contaba nuevamente en su lengua y al sumar le faltaba uno, yo, yo que corría sangrando el corazón devorado por los que fueron suyos y al decir suyos me refiero a los míos, yo el caballero, yo el don, yo el, yo, y si al ser yo no era yo es que ha pasado tanto tiempo desde que ella, desde que yo, desde que mis hijos, desde que los míos, desde que los suyos, desde que la otra, desde que mi madre, desde que, desde que decepcionado azoté los mensajeros por no traerlo, yo, que había tejido la red hasta el más recóndito camino, hasta el cruce de los cruces, sabiendo sin embargo que me faltaba el ramal perdido en el tiempo y que por ahí te escaparías.

—*Se*, que le quede claro, *se*, no *te*, usted a mí me trata de usted, y el hecho de que al perseguir a uno agarrara al otro no lo autoriza a hablar en singular, intentar sacarme de la historia y arrimar su silla a nuestra mesa para rodearnos.

Al pisar la nave central comenzó tu pérdida y mi pérdida ambos perdidos en nuestros sueños, naufragando en los perfumes, el primero y el último, ahogándonos aguas abajo, descubriendo el viento monte arriba, empujados por el viento vela hinchada monte abajo, poseída por mi mano, poseída por tu pluma, salpicada por la tormenta, cegada por la sal de nuestras lágrimas, endurecida por la sangre seca, enternecida por la espuma, conversando yelmos y armaduras de luna, meciéndose en el árbol, golpeada por el rayo, leyendo en la piel, leyendo en el pergamino, corriendo en los cuerpos, corriendo libremente por los senderos del sur del Sur, corriendo en las voces susurradas que poblaban las mesas de los bares, desnudándose en los adoquines, saltando del mástil al pez, del río al lago, del lago a la espuma donde se bañara la primera vez, se descuidó y cometió el error que nos conduciría a abollarla.

Se alineó, se alineó en vez de dispersarse a lo largo del hall de la estación central, en vez de disolverse en las hojas escondidas en las billeteras, en vez de transparente subir y atravesar el ojo de piedra suspendido en el tiempo, permitiendo así nuestro paso por el paso y el tránsito de un calendario a otro, del comienzo al fin, del tiempo al destiempo, de la primera grada a la cuarta, dándonos el tiempo necesario a un respiro para rehacer nuestros sueños y nuestro abollado casco, el tiempo necesario a sumergirnos en un suspiro de placer de ella, la primera, dándonos el tiempo de reconocer el olor y encontrarla.

Se sumergió en el río turbulento de su vientre para borrar la maldición que la marcaba desde aquel día en que la escuchó por primera vez en mis labios al besar el viento desde el farol rojo que marcaba el fin de mis pasos y sus pasos, pero a diferencia de ella yo no lo sabía. Se sumergió tocada, pero no atravesada por lo que jamás logré penetrarla, se sumergió para borrar mi olor de su olor aquella cuarta noche cuando al mirar por última vez hacia la pirámide que abandonaba cual una vez fuera abandonado tuve la certeza de conocer al que me hacía cosquillas en mis pies, de que la tercera cabeza alineada en el árbol tenía las orejas perforadas, de que flotando al viento una pluma coronaba la frente de la cuarta y la primera respondía a mi miedo con el miedo de la infancia mientras la quinta estiraba sus labios hacia los míos la lengua agusanada enroscándose en la mía arrancándome un grito de placer en el momento en que la sexta acariciaba la séptima colgando entre mis piernas y el yelmo apretaba al yelmo que encerraba aquel que se escapaba con el pergamino llevándola en su espalda sabiendo que sabía y que por eso yo lo perseguía galopando arriba navegando abajo caminando en la nave corriendo en el bosque flotando en el sueño por el placer de descubrir, por el placer de poseerla, por el placer de pisarla suavemente lentamente refregando de derecha a izquierda de izquierda a derecha, lentamente para que no se derramara revolviendo lentamente con la espada sabiendo que pese al dolor jamás se disolvería la una en la otra, el yelmo en el yelmo, mi piel en el pergamino, su piel en mi piel por lo que la hojita de boldo jamás se disolvería en un agüita que no fuera la que bañaba mis amores en el viejo puerto de Los Boldos.

De rabia al saberme abandonado por ella pisé el dihueñe y subí de tres gradas hacia la cuarta, la que protegía la última, la suya, aquella que marcaba el comienzo de la nueva era, el final del camino hacia el perfume que nos invadiera el día de nuestro nacimiento, a mí por lo que el viento me acarició los ojos y se llevó la membrana que me aprisionaba hacia las grandes aguas, a usted por lo que su madre lo frotó con su sangre con amor. Usted montó en la serpiente emplumada, yo en la Marigalante y ambos zarpamos la mano vacía, la cabeza sin caricia, los ojos cansados de mirar lejos y allá, lejos, en el comienzo del sur del Sur, la espada caracoleó en el firmamento.

Su imagen corrió horrorizada a esconderse en el lago tras rebotar en el pantano, las aguas la sumergieron hasta la cintura invadiendo el mástil, el fango la abrazó escondiéndose en el yelmo, el río surgiendo con insolencia en medio del bosque le permitió el paso de lo alto del firmamento a las profundidades de mi ojo vacío enterrándose cual un puñal en el vientre de mi madre y mi recuerdo.

Mi madre, la hechicera que embruja y cautiva, pero que no puede dar nada, prisionera entre los montes, carente de tierra que no sea ingrata, fecunda sólo en hierbas áridas y frutales retorcidos por las rudas caricias de amor de los vientos marinos, ella que no puede dar nada que no sea fruto seco y por eso impele hacia el mar que lo es todo para sí, del cual todo lo recibe, sus mejores hombres en ofrenda.

Mi madre, en cuyo sexo se ve la escalera que la domina y atraviesa del comienzo al fin subiendo, bajando, por el monte llevando al fuerte que el que lo poseía la poseía, el fuerte del cual una parte superpoblada de castillos de dorados techos en vez de plomizos techos de pizarra, superpoblado de sueños se derrumbó en el abismo perdiéndose en las profundidades del pensamiento poblando mi estandarte. Dos cuernos se desprenden de sus caderas lo que hizo que al verla desde el mar en las noches de luna llena pareciera que fuera el cielo el que se reflejara en su monte, un cuerno hacia el poniente el otro hacia el oriente, hacia los olores que perfumaban mis sueños, hacia el primer olor que resbalaba gradas abajo.

Las callejuelas de su pubis eran estrechas por falta de espacio, tortuosas por falta de aire y de visión, curvas por el arco del seno marítimo que las bañaba, olorosas por el deseo que las recorría, desafiantes por lo que un muro de piedra coronado de torreones la defendía del asalto de los piratas que querían poseerla sin conquistarla y los escalones mil veces recorridos de amor en las estrechas callejuelas comenzaban en el segundo nivel, al igual que nuestra cancha de fútbol se encontraba suspendida en el segundo nivel del tiempo escondida de los viajeros que eternamente nos pisoteaban, los hombres cabalgando, las mujeres en literas, la carga en asnos y jumentos y a pie los nuestros, los nuestros que corrían presurosos tras las billeteras sobre sus piernas vacilantes.

La entrada estaba dividida por una pequeña columna de piedra y el mármol relucía en sus paredes reflejando las ambiciones de sus conquistadores alternando el rosa con el blanco y el negro, el primero de los cinco días que aparecía cual una maldición por más que lo restregaba con la coronta triste y vacía del fruto su cara marcada por las huellas de mi historia.

Y sobre su suave y dulce vientre una enorme vela flotaba en el pensamiento cara al mar interrumpida por un castillo y por mi puerta, aquella que guardara mi padre, aquella que guardara mi madre, aquella que guardara el cordelito, aquella por la que me escapé tras mis sueños abandonando para siempre mi tierra navegando en la soledad. Mientras, sin sospechar nada, yo navegaba en las aguas que bañaban mi viejo puerto de Los Boldos y añadí un ancla a las cuatro que adornaban su escudo. Fue cuando apareció la quinta ancla que descubrí que la tierra era redonda.

—No me diga, ¿todavía no lo sabía?

Como para que se diera cuenta de que sabía, pese a que mis adivinos lo olvidaron, reproduje el primer dibujo del pergamino y alterné una cabeza de dios con una cabeza de caballero, un champiñón con un copihue, una sonrisa triste con una sonrisa alegre dejando en el medio la sonrisa perdida a modo de invitación y esperé.

Dos pasaron navegando por entre las columnas tras la primera para ir a desaparecer en el tiempo naufragando en la pluma de Petrarca y en mi pergamino, en el estómago de gigantescos perros que cuidaban el paso, o perecieron solitarios agarrados del mástil a dos manos, o llegaron y no volvieron de poder o de querer al descubrir que no eran los primeros y que la primera eran en realidad siete suspendidas en la niebla.

La niebla que cubría las aguas del río en el cual esperaba mi madre, la niebla que rodeaba desde lo alto la empalizada que dominaba la pirámide y en la cual sonreía tristemente la cabeza de un caballo cuyo cuerpo de serpiente marina se enroscaba en el mástil de la nave, siete resbalando en la joroba decapitada de un enano que derramaba una lágrima de desencanto mientras un cerdo arrojaba dos columnas de agua por su espalda mojando de hedionda lluvia las tristes cabezas de los nuestros cayendo en una lluvia eterna sobre nuestras naves perdidas en la pesadilla, cayendo al igual que la lluvia de piedras que al comienzo nos dijera adiós en el puerto de madera, tristes al igual que el fuego que devoraba nuestras naves, tristes al igual que aquel que devoraba el corazón del más sagrado para llevarnos a tu encuentro el corazón alegre, alegre de ver la primera, alegre de ver al segundo que llegaba tras los pasos del primero llevando a Cíbola en su corazón, alegres cargando el lago en nuestros hombros, alegre por lo que aún corría libremente por los bosques, por los caminos que atravesando la tierra seca llevaban al borde de la inmensidad, alegres por lo que el fruto sonreía sin ver que la vieja eterna sonreía en nuestra espalda.

Alegre al ver la sonrisa de los míos, triste al ver sus cuerpos desaparecer en el pasillo tras la espuma, triste de saber que jamás la sonrisa sería para nosotros y que eran nuestros cuerpos sus costillas pegadas al pasado los que poco a poco desaparecían devorados por los recuerdos y por el hambre sin saber ellos, sin saber yo, que en el palo mayor de la empalizada había escondido el mapa antes de arrojarlo al mar en el momento del naufragio para que yo lo recogiera.

Un día añadiéndose a la lluvia comenzaron a caer cabezas de jinetes y monturas galopando en el viento, esquivando las piedras blancas de ardor que quemaban las pestañas húmedas de nuestro único ojo por lo que ese día comprendimos, como sabido es de todo el mundo, que de tanto caminar jamás regresaríamos al puerto de salida, que de tanto caminar terminaríamos saliendo de la tierra o caminando al revés o haciendo equilibrio en las olas del mar tenebroso o grabando nuestros cuerpos en la espuma para no desaparecer o maldiciendo al valiente capitán, pero de seguro rebotando de una a otra pared de las que rodeaban las siete ciudades resbalando en nuestra sangre al intentar subir nuevamente hacia mi puerto, mi viejo puerto bañado por el mar, bañado por las lágrimas de la primera, bañado por mi río y por los rayos del sol cuando juguetea con la madre de la culebra.

—Por lo que la tierra era redonda, y eso usted ya lo sabía, recuerde, con el turco le envié la primera copia del pergamino. Del pergamino, no de la primera carta.

—Nunca lo recibí.

—Lo recibió, lo que pasa es que nunca abrió el mástil que lo contenía. Sí, en el corazón del más sagrado había hecho un hueco que sellé con la corteza y las lágrimas del sauce llorón que está en la curva del camino, allá, a la orilla del río, allá, donde el camino da la curva y usted se perdió por lo que no le achuntó a la primera grada ¿ahora se acuerda? Lo metí en el hueco por lo que era la costumbre, así de seguro que atravesaba la eternidad. Bueno, ahí estaba, lo que pasa es que usted leyó solamente la corteza, en todo caso si no sabía leer había que ser adivino para encontrarlo y en aquella época todos los adivinos andaban ocupados con el Moctezuma así qué..., no importa, en todo caso no es el primero. No, no se me enoje, no quería ofenderlo, no sea bajo, le estoy hablando del pergamino y de la joya que lo acompañaba no veo qué tiene que ver esto con el trasero de mi madre y si sigue así no le cuento lo que vi aquella vez que fui testigo. Sí, fíjese usted que un día el cordelito se levantó abriendo el paso a... usted perdone, me llaman de la otra mesa. Y si hubierai mirado bien el espejito hubierai reconocido el trasero que se refregaba contra la cara de la virgen. La suya, para servirlo.

Lo que pasa es que fui aprendiendo poco a poco por lo que nunca tuve claro quién tenía el mapa, no los indicios, esos los había recogido, los había acariciado, los había poseído y fundido a mis sueños, no, el mapa, aquel que estaba grabado en la punta de la espada, aquel que aparecía en las líneas de la mano vacía, aquel en el que sin quererlo confundía las pistas al herir su espalda, aquel que trazara en la memoria de los suyos el primero antes de desaparecer y que fuera desapareciendo de su ojo a medida que pasaba el tiempo, aquel que jugueteaba entre las piernas de la primera saltando de una gota de placer a otra hasta caer atravesado sobre la piel erizada de caricias fundiéndose en las aguas de la inmensidad que a su vez lo protegerían hasta disolverlo en otro orgasmo. Y sin embargo, a cada momento le añadía notas en su margen.

Paseando por el quinto muro me preguntaba si el mapa lo tenía mi compadre y superior, o el superior pero no compadre de mi compadre, o el navegante solitario que nos dejó con nuestros miedos cuidando el puerto, cuidando el hambre, cuidándonos unos a otros para que en la noche, al comienzo del quinto día no nos devoráramos de miedo o permitiéramos que los fantasmas que rodeaban el fuerte nos devoraran no de hambre sino de curiosidad buscando el mapa del que siempre escuché contar, pero que nunca vi y del que me llegué a preguntar si era cierto que existía.

Pensaba en la batalla para la que tanto me preparé, para la que me calcé el yelmo aprisionando el pensamiento, aquella que tanto temía y sin embargo deseaba, la batalla que nunca emprendería y que sin embargo sería la causa de mi muerte.

Pensaba también en el hijo que nunca conocería, aquél que engendré en medio de tristes ruidos tras unos sacos conteniendo espejos, una pierna de la bella jugueteando de pícaros dedos sobre un tonel rebosante de manteca de cerdo, la otra deslizándose sobre el filo de la espada para darle movimiento y cortar el grito, el trasero refregando el pergamino al tragarse el mástil, la bella de quien me despedí por un momento cuando se levantó la pasarela de la Marigalante.

La más hermosa, a quien conocí vagando solitaria sobre el puerto al desaparecer en el horizonte la nave central, aquellas que cortés dejé partir, sí, la bella y la nave, por ser galante cuando se requería ser plebeyo, por intentar leerlo sin saber leer los dados y mi suerte, por compadecerme de la nariz de la virgen cuando invadida por el olor del amor gozaba a la par que la bella abanicando el par, pero eso no lo sabía como tampoco sabía a lo que me exponía cuando acepté la orden y cuadrándome exclamé: —¡a la orden!—, para añadir bajito —¡Dios te maldiga...! —, mientras resonaba en mis oídos: —¡por pelotudo te pasa!—, y claro mi compadre será mi compadre y superior pero no conoció a la bella, más aún, ni a la bella ni a su padre y ni siquiera de oídas escuchó hablar de aquello de lo cual el caballero fue testigo y por hombre hoy lo calla sin revelar que la bella era más bien la segunda que la primera quien siendo prima de la primera era más joven y más bella lo que hizo que hasta el esposo de la más bella mostró un inusitado interés por ella lo que hizo que ella, la otra, la expulsara de la corte y de los sueños pese a que fue bajo sus auspicios y pomadas que disipó sus dudas y autorizó la memorable empresa, y por ello, desde ese día vaga solitaria por los muelles, por lo que su honor se quedó retozando en el tálamo hediondo a orín de un vagón de tercera.

Le prometo que jamás la jugaré a los dados y que la próxima vez que quieran dejarme fuera de la nave la empuñaré de mano vacía para cortar la mano del que me indique dónde encontrar el mapa para llegar al camino cuando el camino lo estoy vigilando en permanencia de mi ojo avisado ya que sé que por ahí vendrán, subiendo por sus costados, revolcándose en sus curvas, poseyendo sus huecos, deslizándose entre sus piernas como si subieran por los pasos de la cordillera, lo sé por lo que yo aprendí a leer en las hojitas secas del agüita de boldo pese a que el jetón de mi compadre diga lo contrario por lo que, claro, no conoció a la más bella y en su campo la semilla seca jamás dará fruto, a diferencia de mi campo, mi campo guardado por un cordelito colgando de la puerta.

—Hasta la vista —nos dijo, y debía haberme desconfiado por lo que era tuerto y su mirar no era normal era como un triste mirar de mirar lejos. Los treinta y nueve nos miramos de mirar cerca, y un escalofrío recorriendo nuestras espaldas, miramos hacia el mástil que riendo se erguía desapareciendo en el centro de la tierra.

Ni un clavo faltaba, ni una perforación, ni un suspiro se perdió vagando en las olas. La vela hinchada llenó nuestros sueños, hasta el último gemido fue registrado, anotado en el pergamino y arrojado al viento y al hacer las cuentas faltaba ella, la primera, ella quien amamantaba las olas las noches de calma, ella que calmaba la tormenta con sus caricias, ella que se dejó poseer por el pez de plata, ella que desapareció en el agua. Y el mástil se reía de nosotros y la nubecilla sonreía indiscreta y él, la mano vacía, regresaba a buscar el camino y ella se meneaba en los muros, se retorcía en los techos bajo la luna, coqueteaba con el mástil, invadía de olor nuestras noches vacías, ella, los restos de la Marigalante, la primera que hizo el amor meciéndose en la espuma.

—¿No era la Santa Clara?

—No, la Marigalante, a la otra se la comió el Juan pero fue en la tormenta del regreso.

—¿Y la otra?

—Por veloz, desapareció de escena apenas tocamos puerto, además, y esto que quede entre nosotros, era algo así como un poco jorobada y de casco estrecho.

—¡Ah!

La indiscreta los invitó extendiéndose con delicadeza y malicia sobre la tierra mojada por los recuerdos, atravesando por entre nuestras piernas para abandonarnos por el camino, no sin antes hacerle una caricia al último de los durmientes que podrido por el viento desaparecía de mirar triste por el hueco del quinto muro llevándose el miedo a cuestas.

Por la pausa del tiempo llegaron dos indios ofreciéndonos los dientes de la vieja eterna, su saliva fermentada para olvidar el cansancio, el jugo del corazón del cactus para alegrar el pensamiento y cinco vírgenes que, en señal de sumisión, se arrancaron el corazón y la columna, cinco expertas en el amor a las que comencé a desvestir del ojo vacío, a acariciar sus senos trepando su falda contorneando su arco con mi lengua, a conquistar sus piernas alargadas para llegar al paso. Me dediqué a besar sus cabellos con mis labios y a aspirar la leche de sus senos, a fundir su bosque con mi bosque explorando los senderos y despertar en ella a la mujer dormida para que explotara en el orgasmo y engullera a mis enemigos al igual que lo hiciera mi madre el día en que tiró el cordelito y sus piernas se embadurnaron con las aguas ardientes del amor.

Caminaba de frágiles piernas por el camino, temblando sin saltar de temor a caer en el vacío, un poco de lado por temor a que me atacaran por la espalda por lo que ya en aquella época comencé a sentir su aliento en mi espalda. Caminaba solitario acompañado de aquel que escapara de la isla relamiéndose en recuerdos, melancólico compañero de infortunios y de ronda, tristes desechos desheredados de mundo temblando sumergidos en nuestros miedos, inyectados de celos los de él, poblados de celos los míos y ambos nos mirábamos celosos pese a ser diferente la presa elegida por nuestros celos, y fue en ese momento que levanté mi mano vacía.

¡Oh! no me mire así, por caridad aleje ese gesto de horror ante mi gesto. ¡Oh dioses! si ya lo sabíais, ¿por qué no iluminasteis una de las cinco noches, por qué me dejasteis llegar al fondo del horror, por qué me permitisteis despertarme en la pesadilla, por qué me dejasteis perder la fuerza de la espera?, ocultándome que tras un horizonte se encuentra otro y tras ese otro y otro tras el otro y así en el comienzo de su calendario o en el fin del mío, en el horizonte que yo observaba, aquel usted observaba, usted desde el levante yo desde el poniente espalda contra espalda, el ojo al viento.

Sí, fui yo y no el viento quien arranqué mi único ojo con mi única mano. No, no desvíe su ojo, no me mire de horror o callo para siempre y sello mis labios bebiendo a secas la copa de la miel y del olvido.

—¡Y este huevón toma solo! Pensará que uno no tiene la garganta seca de tanto tomar café y amarga de tanto beber recuerdos. ¡Por los dioses, no toméis solo oh huevón!

—¡Oh dioses! Al verme reflejado en mi conciencia y en el espejo fue que arranqué mi ojo cuando con horror descubrí que... ¡Oh!

—¿Qué descubrió?

—No sé, en realidad nunca lo supe, cuando regresé por segunda vez ya no estaba, para mi gusto que se lo habían comido.

A decir verdad lo único que me trajeron fue una mano y una mano no satisface el gusto, a lo máximo da una indicación del olor que la invadió el día de su nacimiento como del tiempo y del calendario en que se desarrollaron estos acontecimientos y por mucho que oliera a un olor conocido ofrecer una sola mano a los dioses era una ofensa. Es por ello que por segunda vez en la noche los gemidos de los hechiceros se unieron a los de la tierra y por no tener los míos a mi lado nunca comprendí qué era aquel extraño signo que brillaba en la mano vacía.

—¿Era como cruzado? ¿Como si cortáramos dos ramitas del árbol sagrado y las uniéramos con el suspiro del dihueñe? Deje que me saque la piel y se lo muestre. ¿Como éste? ¿Sí? Entonces no se preocupe, no sirve para nada, mi madre me colgó uno igual para la buena suerte y usted ve.

—No sea malagradecido que en su interior se puede disimular una buena dosis sin que nos pillen, y si los que caminan de huella nos agarran siempre se puede alegar que estamos vendiendo milagros.

—Milagro sería que aparezca un cliente a esta hora de la mañana que desde que lo echaron del café que no tomamos uno. No, no se ponga triste, no fue por su culpa, a cualquiera le pasa, lo que pasa es que a usted le pasa como más seguido.

—Eso no más faltaba, llegué segundo a la historia, me agarraron por andar mirando lo que no me importa, perdí a mi madre en el puerto, a mi padre no lo conocí, me entregaron la primera carta en el momento del embarque, como me emocioné la dueña me agarró llevándole el quinto café gratis, me sacaron cascando y viene resultando ¡como por mi culpa! Apuesto que si el huevón de la billetera no lo saluda también se va a enojar conmigo, como si a uno no le doliera. No, no lo de la pega, si ya estaba cabreado de colocar cara de jetón agradecido y la espalda me dolía de tanto inclinarme y el café había veces que lo pasaba hasta tres veces por la máquina, si al final estaba vendiendo el puro olorcito si hasta me daban ganas de lavar los calcetines pa'ñadirle un poco de color. No, al suyo no, compadre, no ve que usted también es de allá, o que ya no se acuerda.

—No se enoje, y los calcetines, hace rato que no tiene, cree que no me di cuenta de que se los pintó en las patas pa' no parecer tan miserable, lo que pasa es que no se lo había dicho por lo que no me gusta ser indiscreto.

—¿Ve esa marquita al lado? La copié un día de un escaparate allá en el centro, el día en que invadieron la estación, cumpita, y tuvimos que pasear todo el día pisando adoquines y hasta los perros nos corrían por lo que no éramos de allá y las tiendas estaban calientitas pero como que nos daba vergüenza entrar y de al lado del mástil, allá, en la tienda de la esquina, salía un olorcito como a pan amasado. ¡De seguro que la cocinera era de los nuestros!

—Si hasta capaz de que fuera su madre, por que es cierto, ¡tenía una mano!

—La mano no se veía y en todo caso mi madre tenía dos, fue el olor el que reconocí, era igualito al que desaparecía en el cruce para ir a esconderse en mi espalda, primero como que me hacía cosquillas, como que corriera en equilibrio sobre las costillas saltando sobre los riachuelos de sudor, como que corriera como cuando uno corre perdido en el bosque, como que va pa' un lado y termina corriendo p' al otro, como cuando uno tenía todo su tiempo para correr y ni importaba pa' onde corría ¿se acuerda? después como que se sentaba a conversar y hasta acariciaba el olorcito, no de olor, de la caricia de la hoja de boldo cuando uno tiene la suerte de que lo roce, y a su contacto, se deja ir.

—Se deja estar, por eso lo pillaron, El Conde reconoce el olor.

—¿Sabe una cosa? La segunda no incidió en el viaje pese a su belleza, energía y sensualidad por lo que el navegante se resistió a sus insinuaciones, hizo caso omiso a sus adulaciones y cerró sus oídos a su canto.

—Pero se olvidó de esconder el mástil lo que hizo que esta nueva Circe rediviva le hiciera errar el camino.

—¡Salta p' al lao, putas que le sonó bonito!

—Son de las notas que le añado al pergamino. ¿Le gustó? Imagínese la media pata' e pollo que se le va a armar al que lo encuentre, pero no me interrumpa, decía que le hizo errar el camino. Para suerte de mi madre que esperaba y si mi padre tuvo otras antes no me importa por lo que tuvo otras después y la lengua prisionera fue esclava del deseo y del náufrago, por eso me pillaron.

—Y al fin de cuentas ¿usted qué era?

—¿Cómo? Pero creí que lo sabía, yo era el encargado del agua, debe ser por lo que mi familia siempre fue como muy húmeda, sí, la segunda, la del sexo insaciable, la del grito escandaloso era mi pariente, además ¿qué otra cosa puede hacer un testigo? Y recuerde que a bordo también iba el marido y que ya había asesinado a uno por hocicón.

—Entonces, íbamos en la misma nave.

—No, no íbamos en la misma nave, se me está confundiendo por culpa de la piel, la que flotaba cerca del mástil luego de la tempestad tras el naufragio, la que mis hechiceros llevaron hasta mis manos, allá en la cuarta grada.

—El que se confunde es usted, no le estoy hablando de ese viaje.

—Durante cinco siglos ha estado tratando de saltar el río para caer en la historia, durante cinco siglos ha caído en una de las naves laterales. Y, ¡cuán infeliz se es al ser lateral! ¿O no, Alonso Sánchez? Palo maestro, vigía del deseo, piloto de fantasmagóricos restos, navegante de sueños, poseedor sin saberlo del secreto, por lo que tú y yo lo sabemos, no es la primera vez que intentan poseer la deseada, aquella a la que se llega solamente si al comenzar la noche se navega hasta donde llegó el día y que insignificante crece en el amor.

—Yo sí sabía, por lo que estaba allí, ¿no le conté nunca que encontré el pergamino? Y es muy fácil decir que no existo no importa cual sea la piel que vista, y para que usted lo sepa, era redondo, redondo pero poco.

Lentamente de derecha a izquierda removiendo mis recuerdos desenvainé por última vez aquella que perdiera en los juegos de azar y del amor, aquella que recuperara en los juegos del amor y del naufragio el día que derrotara a Manco Wawa Capac y te engañara antes de entrar al palacio en pos de ella, la deseada, la primera, la golosa que temblaba de deseo y ansiedad al igual que las mujeres que viajan en tercera cuando una mano en el fundillo el galán las invita al baño, tímida como cuando temiendo resbalarse levanta titubeando una pierna para apoyarla en el inodoro y la segunda en el lavamanos, triunfante como cuando le bajan sus calzones y suben sus olores, ruborosa como cuando agarra a dos manos pero con disimulo el mástil y casta como cuando enojada levanta el trasero del espejo para sin poder impedirlo irse, breva madura, regando de gotas de placer el piso, relamiéndose eterna bebedora antes de chupar la sangre y el cogote de la damajuana, ella, la primera que perdí, lentamente abandonó la mohosa funda con el movimiento de las aguas mientras yo apunté hacia el cielo y gritando muerto de miedo nuestro grito —¡por Santiago y La del Pozo!—, salté añadiendo bajito —¡...!— al ritmo de su roce con el viento, ese roce que me perdería.

Abandoné la grada, la mano, por primera vez, llena de esperanza, el ojo brillando de ilusión y de temor mirando el horizonte seguro de que esta vez sí la alcanzaría, seguido por usted, la mano vacía de esperanzas, convencido de que esta vez sí obtendría la respuesta, mi cabalgadura sonriendo, su cuerpo vacío de esperar esperanza vana que llegara mi padre y tener jinete que lo liberara del moho y los mosquitos que lo devoraban, de los veinticinco que lo seguían en eterna vuelta al interior del ojo vacío, los pétalos del pensamiento escondiéndose en la semilla ante tanta incertidumbre, replegándose uno tras otro en el sexo de mi madre, y yo, en su interior, salté.

—Saltamos, aunque no le guste, saltamos.

El aire contuvo la respiración, las hojas de los boldos se erizaron, los pelitos de la más hermosa brillaron empapados de sudor, la gruta arrojó la sal ante tanto arrojo, y cruzando el aire cegado, al igual que el otro caí en el ramal perdido.

—Caímos.

Uno a cada lado, ambos avanzando como la primera vez, ambos mirándonos fijamente al ojo, cien flores suspirando de amor al ritmo del olor que se desvanecía y pisamos huella.

—Pisó, aunque no le guste, por lo que yo...

En el puente, el primero que cedió bajo nuestro peso, el agua se abrió dejando el paso a dos espacios vacíos, uno vacío del polvo de las estepas, del olor a pan que salía de los viejos hornos de barro y paja y de la música del cántaro prisionero, el otro vacío del olor al más sagrado, del ruido de la avellana haciendo el amor, vacío del corazón que rebotaba pirámide abajo, ambos barridos por el viento, el que levantaba las alas del cóndor barriendo los senderos perdidos en la cordillera, el que levantaban los suspiros de las bellas al verlos partir sumidos en sus sueños, los sueños que les vendiera el pregonero al abandonar el primero de los cien puentes que conducían a Cíbola, la primera.

—¿Le cuento un secreto?

—Bueno.

—A cambio de la primera.

—¿Mi madre?

—No, la carta por lo que a su madre...

—No la encuentro.

—¿A su madre?

—¡Huevón!, la carta.

—No importa, pero por favor siga buscándola. ¿Sabe?, viajo cuando quiero, y sin billete.

—Eso no es un secreto.

—No, otra vez no entendió, no con el polvo de ilusiones, ese no lo pruebo, con el otro, el del pergamino.

—Sí, entendí, y para que sepa, no es ningún secreto, pero no se lo cuente a El Conde, que le jode el negocio. Pero cuente, ¿cómo lo aspira?

—Con el mástil que encontré flotando, por otro lado no pasa, lo habían aprisionado las algas al deslizarse de un calendario al otro, aquellos largos suspiros verdes que subían de las profundidades en busca de cariño, brazos que indiscretos subían del vientre para acariciar el amor y se entrelazaban con los sueños y las lágrimas del árbol que brotó en el pedazo de tierra que por primera vez toqué con mi frente para preguntar por qué y cuyas ramas se fundían con las aguas de mi río, con las aguas de mi ojo.

—Claro, es difícil que pase por cualquier parte y si lo intenta son capaces de descubrirlo y detenerlo.

Estaba grabado en la corteza del árbol de las profundidades, aquel que nació de la primera semilla arrastrada por la tormenta, la prueba de nuestra existencia, aquella que se sumergió en el mástil y poseyó el mar, fueron sus raíces las que lo alimentaron, y en recuerdo de nosotros, sus brazos cada tanto agarraban el amor inmovilizando el mástil y los sueños levantando el quinto muro frente al viento.

—A mí me contaron que estaba más allá de las columnas del fin del mundo y que surgía como de improviso al llegar el quinto día, el quinto de la larga noche.

Ahí fue que lo encontré tal como estaba escrito en la espalda del pez que devorara los despojos de los primeros que escaparon del cerco de Granada por lo que la más bella aún no los había cercado, por lo que ellos me cercaron y devoraron en sus aguas, por lo que me lo robaron por primera vez porque llegué atrasado a la cita con ella y una vez más no fui el primero y comí despojos. Despojos de calma, porque para el hambre tenían los peces regordetes que saltaban riendo por la proa sumergiéndose en la quilla por entre las piernas de la más bella, en el hambre estaba yo por lo que ella me cerró el paso y ni siquiera los despojos alcancé. Por lo que no tenía fuerza y...

—Le faltaba...

—¡El mapa!

—No, el mapa lo tenía, siempre lo tuvo. El instrumento y la destreza necesaria para manejarlo. No el redondo, no el incompleto, no el del amanecer ni el del comienzo de la noche, entienda, no bastaba con tener los labios y los astros húmedos de deseo, no, el otro, la simple cuerda que añadida cuatro veces tocaba fondo, la cuarta parte del firmamento, por lo que usted no dominaba ni siquiera la tercera, pero sobre todo por lo que no conocía a la más hermosa, aquella que brillando de sonrisa indicaba el camino al sur del Sur, el paso a aquellos que se dejaban mojar por las olas y abrazar por las nubes, pero ese lunes no hinchaba las velas, si hasta el viento desapareció de nuestro camino soplando por los huesos agujereados de nuestros antepasados, esos dioses solitarios que conversan de amores perdidos con el cangrejo tuerto en el ramal, que conversan en espera de la ola que los recubrirá con su espuma trayéndolos nuevamente a la vida, de la brisa que les abrirá el paso, de la billetera que regordeta bajará del tren.

Nos rodearon, nuevamente nos cercaron, pero esta vez de hierbas conocidas, de frutos sonrientes de sonrisa eterna, de espacios vacíos en el medio, de palacios adornados de flores secas y fuentes frutales de extraños e incomibles frutos, frutos de espuma vacíos de amor que se mantienen en la superficie en espera de ser fecundados para desaparecer en la tormenta y dar nacimiento a nuevos frutos vacíos de amor que esperarán el paso de otros viajeros para alimentarse de nuevos sueños al arrastrarlos hacia los surcos secos que bañaban la primera semilla, aquella que sembrara apresurado en el campo y que esperaba ser fecundada de amor para dar testimonio de su paso hacia Granada y de nuestro paso sin huella por el mundo.

—Pa' mi gusto este huevón debe haber contado el secreto y me lo caché por lo que El Conde comenzó a perseguirme en medio de la multitud que poblaba el hall de la estación central, a seguirme de firmes pasos y de puñal cerrado en el puño, a mí, que escapaba de débiles pasos intentando llegar al paso. Y lo logré, por primera vez lo logré, a diferencia tuya, Sempronio que tu corazón herido mortalmente por la puñalada equivocada y traicionera mostrabas tímidamente, como con vergüenza, tus cicatrices al mundo: la del amor materno jamás poseído, la de la jovenzuela que se burló cruelmente de tu primer amor, la del amor secreto por ella, la inalcanzable amante de tu primer patrón que un día te sonrió mientras te marcaba con fuego al tocar tu sexo con sus angelicales y helados dedos, al rozar tu mejilla con altivo seno, grabando de leche y fuego su marca. Pobre Sempronio, que al morir levantaste los ojos hacia mí, tu compadre y único amigo en esta historia sin amigos, hacia mí, Chavalillo el primero, y tras mi espalda creíste divisar al aguacil real que te seguía desde que contaste tu historia a una alcahueta y hoy tendido en el hall de la estación central de Róterdam sacando fuerzas de tus borrosos recuerdos exclamaste sin saberlo una frase escuchada alguna vez a otro: —¡Dios te maldiga valiente capitán!, por lo que habías sido testigo y lo olvidaste.

Frase que nadie entendió, frase que una nube de la vieja locomotora de vapor, la única, la invisible, la que me aprisionaba secretamente recogió para llevar con su interminable chaca saca chaca saca al puerto de Los Boldos allá al otro lado del mar, allá donde las aguas bañaron mis deseos, allá donde me encadenaron, allá al comienzo del sur del Sur, para que yo la repitiera el día que su espada alcanzara mi espalda.

—¿Me deja contarle algo?

—¿Qué?

—Guardé el secreto.

—¿El primero o el segundo?

—Los dos.

No por lo que no hablara, no, por lo que no logró remontar las aguas. Y si no fue usted, fue mi padre, o fui yo quien al saltar caí en las aguas de la fuente de la eterna juventud y arrastrado por las olas y la tormenta mi corazón fue atravesado por un ancla mohosa, vieja y risueña ancla que ondeando al viento lentamente de derecha a izquierda, de izquierda a derecha atravesó mi pecho y pulida por mi sangre bajo las algas y sus sueños en medio de una sonrisa y un cangrejo tuerto dejó aparecer su nombre, el de mi madre, la Marigalante.

—¡Rápido azúcar y hielo, que mi compadre se va cortado!

Desaparecí de la historia por lo que no tenía pergamino, entienda, no es que no tuviera historia lo que no tenía era pergamino, por ello desaparecí en la tierra.

Por ello apareció en la tierra, lo que pasa es que usted siempre como que mira de un solo ojo, oh, perdone, mira mal quise decir, entienda aunque no sea la suya todos vestimos piel para que no se desparramen los recuerdos, entienda, por lo que quiso mojar sus labios secos jamás se fijó en el cántaro prisionero, en sus paredes estaba indicado el paso.

Es que yo no fui a Salamanca y a decir verdad prefiero leer por sobre el hombro y al ver el cántaro busqué en el agua, en las hojitas de boldo que nadaban en el fondo por ello no me fijé en las paredes. ¿Quién escondió el secreto?

Su padre, el origen de la estirpe, el primero de los doce, aquel que nació del lago de plata cuando hizo retroceder la noche, él, el primero que supo y amarró el cántaro a la fuente para que el último supiera.

Amasaron con sus manos vacías el deseo de la tierra, molieron el grito de amor de la cordillera, chuparon el fondo del agua del lago perdido, robaron los colores al flamenco que detuvo su vuelo llamado por la belleza y la quietud, atraparon al animal que pobló el sueño y aceitó el sexo de las mil vírgenes, perfumaron la nube, la mano vacía, la mano llena y el amor y pintaron sus paredes con los ojos cerrados abiertos al sueño y a la eternidad.

Su padre que, impulsado por el deseo, comenzó a desnudar de su vestido de polvo los caminos secretos, él, que suicida ordenó ensancharlos y que cada uno de sus descendientes, hasta completar los doce de la estirpe, amarrara un nuevo cántaro a la cordillera para que ellos pudieran galopar de seis en fondo, herraduras de plata, hasta el día en que deletrearan el letrero. Doce, es decir, usted, por lo que el trece jamás llegaría, ahí se interrumpía el pergamino.

—Pero si ya le dije que no sabía leer, y contar sabía más por el peso de los sueños que por su valor, y si encontré el mástil no ocurrió lo mismo con el pergamino y el trece es mala suerte, no lo sabré yo que me concibieron un martes trece y en trece estaciones busqué el ramal y nunca lo encontré.

—¿No fue un once? Por lo visto alguien anotó mal o quizás fueron mis notas escritas para que nadie las entienda, dejémoslo en doce, ¿le parece? Lo que sí recuerdo bien es que le dije que el nombre había desaparecido llevado por el viento que cabalgaba cordillera arriba y que más que saber leer había que tener olfato, además allá enseñaban a leer los pergaminos no a descubrir los pergaminos y el resultado era el mismo, se encontraba el mástil pero no su interior, se encontraba el boldo pero se dormía bajo el litre, se llegaba a la curva del camino pero se seguía recto, se enseñaba no de no enseñarlo ya que ello no se enseña, se ve, se huele, se siente, se ama y se odia, usted sabe que está ahí esperándolo, usted sabe que por coquetería se le esconde, usted sabe que se le entregará, usted sabe que abrirá sus piernas cerrando el paso por lo que usted siempre llegará atrasado.

—Llegaremos, es casi como la sonrisa que esperamos.

—O la billetera, no es cualquier billetera, las otras p' al polvo, pa' los que saben contar de números y cuentan en pepitas el valor de los sueños, pa' los que caminan rápido pa' no saludar, ella, la otra, es la que encierra con amor la cantera, es la que tiene el olor y el pasaje. Y su madre no sólo le entregó el cántaro, cada vez que le dejó acariciar su pubis le iba enseñando, los nuditos, los pelitos enredados en el amor o tirados en el deseo para retardar el orgasmo. No me coloque esa cara, a mí también me enseñó y eso usted ya lo sabe.

La cantera, la piedra amarrada con las lianas, el suspiro reteniendo el paso, la piedra golpeando la piedra, el olor, el grito al arrancar los nuditos, mi madre, claro, ahora me queda claro, tengo que partirle el cuesco.

—Huevón, por lo visto jamás debí esconderle el chancho.

—¡Qué! ¡Claro!, el caballero por ser caballero y cabalgar de prisa tras su historia no se dio cuenta de que en la cola iba el cordelito, y esa era mi historia, sucia, chueca, con olor a mierda y a semen, a tierra mojada de orines pero era mi historia, mía de mi propiedad mía, no, no de esas propiedades, no, de las mías, de esas que son como tener un recuerdo con quien conversar, como poseer una caricia que es de uno y no imaginada, como la primera carta que estoy sospechando me la robaron y estoy sospechando de sospecha que sé quién me la robó. Por una vez estaba en ella y ellos la descifraron primero por lo que el primero ya había pasado por ahí y antes que usted supieron leer y escribir pero con el tiempo lo olvidaron, perdieron la lengua en el paso del tiempo por lo que se quedaron sin nadie a quien contar su historia pero jamás olvidaron leer en la cuerda y conversar con las estrellas y cada nudo significaba un sueño y ellos soñaban y entre los sueños se deslizaba la pesadilla colectiva y aparecía yo vestido de yelmo, yo el ignorante, el analfabeto, el abandonado, yo que pisaba mierda pero dejaba huella, yo, el porquería del porquerizo como me lla-maba mi primo el arrogante, esbelto y triunfador enano jorobado y no era el doce, era el trece.

—Pero al fin, ¿que pasó?

—¿Con mi padre?

—Eso ya lo sabemos, con el chancho.

—Por estar pensando en quién era mi padre y dónde se encontraba mi madre es que me quedé contemplando las estrellas y fue ahí que se me escapó.

—Fue ahí que la encontró, para desgracia mía.

—Lo agarraron y lo hicieron...

—¡Longanizas!

—¿Ve como no le sirve de nada saber leer? Pincel, ¿con qué cree que el primero de la estirpe pintó el paso en las paredes del cántaro?

—No tenían por qué olvidar, yo estaba allí para escuchar, yo, el primer náufrago de la estación central, aquel sobre el que cayeron encima los siglos del silencio, cinco noches en que se ignoró mi historia y el pergamino.

—Vaya usted a saber si lo ignoraban.

—Yo en cambio ignoraba leer en las paredes y en el cordelito por lo que hacía tanto tiempo que salí navegando mar abierto de mi puerto de Los Boldos desgarrado de recuerdos sin darme cuenta que en la palma de mi mano llevaba el mundo, que por el fondo de sus arrugas corrían los ríos turbulentos y en su cima explotaban los volcanes, que en sus líneas se cruzaban nuestras vidas y nuestra historia, sin saber que en su centro estaba grabado el signo de mi mala suerte indicando el paso.

—¿Ve como está aprendiendo? Son los chanchogramas, más que una idea es una impresión, más que una frase es una sensación, más que la lengua era el olor que la lengua descubría en la leyenda. Y si el siete aparecía en permanencia no se trataba de una letra sino de una coincidencia, su madre hacía un nudito cada siete clientes.

Y subido en la última grada la poseí, la poseí de nudo y de pensamiento pero no de juego por lo que estaba escrito en los dados que mi suerte era mujer y que me abandonaría al entregársseme en el momento en que mi padre me engendró y ante mi ojo apareció el ramal donde está el paso. Fue así como en mi soledad comprendí que solamente al perderlo se encuentra el sueño, allá, al comienzo de todo, al comienzo del sur del Sur y de mi bosque salvaje con su sendero de tierra mojada por los amores que subía a Aguas Santas llevando el grito del escarabajo de la luna y de la madre de la culebra jugueteando entre los boldos.

Y yo resbalando, triste aún más triste al alejarme de los míos, yo que jamás reiré de nuevo por lo que me vi reflejado en las aguas del lago de plata, en la frente del pensamiento, yo Chavalillo me reconocí y supe que volvía caminando sobre mis pasos para tirar el cordelito, engendrarme y desaparecer deslizándome por el calendario.

Jamás desaparecerá del todo por lo que sea cual sea el calendario por el que se deslice siempre lo acompañaré por lo que está escrito que llegará tarde y jamás la alcanzará. Se lo digo yo, Sempronio, su compadre y servidor, yo que la gané a los dados y la perdí en el sueño por lo que nunca entendí que la tenía y el porqué mi piel me picaba y el porqué mi piel me ardía devorada por los mosquitos y los ríos de sudor que corrían por mi espalda rumbo al océano.

Salté, salté y lo cerqué, de un solo paso recorrí los cien puentes, de un solo golpe de espada corté los cien pensamientos, de un salto subí tres gradas y llegué a la primera y a mi espada lista para atravesar mi pecho, el corazón que guardaba el líquido sagrado destinado a calmar mi sed y suavizar mis labios se cercó a su vez de mil espinas para cerrarme el paso, y la vieja, secos sus labios, se reía.

De nosotros, como otros, como la primera, como la última, como el mapa, como el pergamino que saltaba de un estrecho a otro, que se paseaba sobre las olas riendo en la tormenta llorando en la calma chicha, chicha surgida de los dientes vengadores de la vieja eterna para embriagar mi pensamiento.

¡Oh dioses, no es justo! ¡Cómo me habéis hecho esto, cómo me habéis puesto un mundo en mi camino bloqueándome el paso hacia la primera, hacia el olor que he perseguido desde mi infancia y sé se me escapará!, por cuanto a partir del instante en que la vi tengo que cargar sobre mi encorvada espalda y frágiles piernas con el peso del honor de los míos y el de ellos. —¡Dios te maldiga valiente capitán!

—No, compadre, con el mío y el suyo, el nuestro, y quizás sea por eso que nadie nos saluda.

—No, compadre, es por lo que nuestra historia comenzó un lunes que merecía ser martes.

Sureño del sur del Sur, concebido al borde de la inmensidad que acariciaba los sueños del sur del Norte, ladrón, drogadicto, vendedor de soledad, de nubecilla y de sueño y sin embargo continúa sintiendo dolor, sintiendo vergüenza, que es capaz de derramar una lágrima sin que lo vean, que sonríe a los suyos, ingenuo pelotudo que aún espera le devuelvan la sonrisa, sureño del sur del sueño condenado a arrastrar su cuerpo miserable por las estaciones del mundo, destruido por la droga, destruido por los golpes, destruido por el hambre, destruido por la espera, destruidos sus sueños por la humedad que carcomía sus piernas haciéndole perder la agilidad de aquella lejana época en que competía con el cóndor impidiéndole hoy escapar de sus recuerdos, impidiéndole hoy competir con el bebé cóndor que rompió con sus alas el cascarón del huevo que durante siglos lo preservara de la desgracia para, hoy por última vez, barrer de viento el polvo que recubría los caminos secretos del sur del Sur, aquellos que conducen a la pirámide y a la piedra de mi sacrificio, a la entrada de la primera de las siete, Cíbola, la suya, la única, mi sueño, mi sueño que paseaba bañado por la espuma y por los rayos de la luna que iluminaba el fin de la quinta noche y el amanecer del sexto día en el andén del ramal perdido que conducía a mi viejo puerto de Los Boldos.

Sureño de ojos tristes, una huérfana sonrisa de sueños lejanos sobre sus labios, robando, robando a todos, a todos menos a los suyos, a los que protege, a los que les sonríe más tristemente aún, a los suyos ante los cuales su maltrecho cuerpo se hace más pequeño escondiéndose en un sucio rincón del enorme y frío hall de la estación central de Róterdam pidiendo excusas por existir y su ojo vacío lleno de bosque se humedece cuando uno de ellos, raro ejemplar, se reconoce en los suyos y le da la mano, a él, el más desamparado, a él para quien mejor hubiera valido que la tierra fuera plana, a él que llegó tras la tormenta que azotó a su pueblo pidiendo abrigo en una estación amiga; a él, compañero de las sombras y recuerdos, a él, a quien hasta los viejos portamonedas cargados de arrugados billetes le niegan su amistad.

¡Oh dioses os maldigo! No es justo hacerme comienzo y fin, crearme en el sueño y hacerme morir en la vida. Por qué hacerme soñador, ojos color mar y al mismo tiempo negarme la caricia de una ola, almirante de sueños y cargarme de cadenas en la proa de un frágil bote a remos, mis tristes huesos cargando la humedad del mundo, la soledad del mundo, y con el peso de los míos en el alma, hacerme abandonar el sur del Sur en mi puerto de Los Boldos partiendo al encuentro de esta historia en busca del inalcanzable saco lleno de pepitas de oro, de las casas de techos dorados, del amor que pregonara el vendedor de sueños, de la enorme estación donde llegará el tren fantasma con su eterno chaca saca, chaca saca, el hall donde me cruzaré con los ojos del temido Conde, conociendo mi destino y así al fin descubrir el Nuevo Mundo mientras ese día lunes triste hasta el infinito, en las grandes planicies pobladas de esperanza dos niños campesinos desenterrarán el fruto, aquel que llenara el agujero dejado por Chavalillo el Primero al perforar una campesina, fruto traído de lejanas tierras por aquellos que desaparecieran de la memoria de los hombres y que reaparecerán solamente en los momentos de desgracia de sus pueblos para advertirnos, gritando, antes de desaparecer una vez más: —¡Dios te maldiga valiente capitán!, marcado su rostro por seis surcos de seis amores derramados.

Por qué hacerme soñar sueños que nacieron el mismo día, un lunes que merecía ser martes, un lluvioso y triste lunes en el que por primera vez dos niños se encontraron. Uno llevado por los suspiros de las orquídeas y los conejos atravesó el camino tapizado de cien flores doradas, el otro llevado por los suspiros de su pueblo iba al encuentro del primero, de aquel que volvía de la eternidad a vivir por la eternidad. Un lunes en que se miraron fijamente, entrando, adivinando, descubriendo, poseyendo al otro hasta que los dos comprendieron en el mismo segundo. En el instante en que cada uno de ellos no supo más si miraba el interior del otro o si viajaba en su propio interior, segundo en que las sombras los envolvieron y una explosión se produjo en su memoria dando nacimiento el uno a Chavalillo Primero en la primera nave y el otro a Chavalillo el último en la decimotercera y última nave fundiéndose ambos en mi pensamiento en el único segundo, el cero, en que yo, el engendrador, por descuido voluntario no miré el reloj que dominaba el hall ese primer día de la semana mientras el tren fantasma con su eterno chaca saca atraviesa el enorme hall de la estación central de Róterdam destruyendo mis recuerdos y mi sueño.

—¡Eh, compadre, súbase!

**Gustavo Gac-Artigas**, escritor, dramaturgo, actor, director de teatro y editor nacido en Santiago de Chile, pero criado en Temuco, añadiría de inmediato Gustavo. Desde 1995, tras vivir montando y desmontando pirámides, quirófanos, templos y mágicos cuartos de conventillo en Francia, la RDA, Bulgaria, Holanda, Puerto Rico, Argentina, Perú, Bolivia, Ecuador, Colombia, Suiza, Dinamarca, Túnez, Bélgica, y uno que otro país que la frágil memoria guarda en el olvido, reside en Nueva Jersey, Estados Unidos.

¿Chile? Chile en el corazón, como diría Pablo.

Es miembro colaborador de la Academia Norteamericana de la Lengua Española (ANLE).

De *Tiempo de soñar* (1992), dijo el escritor Severo Sarduy: "escritura imaginativa, de extrema teatralidad y de ficción (basada en hechos históricos a veces reconocibles) que hacen del texto uno alógeno, personal y único".

De *¡E il orbo era rondo!* (*Y la tierra era redonda*) (1993) dijo Edith Grossman, traductora de García Márquez, "me impresionó mucho el juego temporal, la interpenetración de lo histórico, lo mitológico y lo surreal. Un libro difícil, pero valioso, más parecido a un poema épico que a una novela."

Otros títulos en la Biblioteca de Gustavo Gac-Artigas

Narrativa:

*Y todos éramos actores, un siglo de luz y sombra*

Primera edición, digital y paperback
*Y la tierra era redonda*

Segunda edición, primera en formato digital
*Era el tiempo de soñar con los pajaritos preñados*

Segunda edición, primera en formato digital
*El solar de Ado*

Segunda edición, primera en formato digital
*Ado´s Plot of Land*

Segunda edición, primera en formato digital

*Dalibá, la brujita del Caribe*

*Un asesinato corriente*

Teatro:

*Cinco suspiros de eternidad*

*Te llamamos Pablo-Pueblo*

*El país de las lágrimas de sangre*

*Gonzalito o ayer supe que puedo volver*

*El huevo de Colón o Coca-Cola les ofrece un viaje de ensueños por América Latina*

www.ingramcontent.com/pod-product-compliance
Lightning Source LLC
Chambersburg PA
CBHW032033240626
47154CB00003B/898